Der Nachtflug, auf der Strecke Rio–Buenos Aires 1928 erstmals unternommen, war noch ein gefährliches Wagnis, als wenig später Antoine de Saint-Exupéry, Betriebsdirektor der Companie Générale Aéropostale Argentina, seinen Roman ›Vol de Nuit‹ niederschrieb. Die Schnelligkeit der Dampfer und Eisenbahnen, die nachts den Vorsprung der Flugzeuge wettzumachen suchten, zwang die Flieger in den dunklen Abgrund zwischen Tag und Tag. Sie erfuhren, zwischen Himmel und Erde, die gewaltige Schönheit und die furchtbare Drohung elementarer Kräfte, die Sehnsucht und die Furcht inmitten unermeßlicher Weite.

Die Menschen dieses Romans erleben, »wie das Ungewollte immer wieder die Oberhand gewinnt«: über die Tat des planenden Willens und auch über das vertrauende persönliche Glück, die miteinander im Widerstreit stehen. Sekunden erweisen an zwei Menschen und ihrem Flugzeug das gnadenlose Wirken der Zerstörerin Zeit. Aber mit jedem neuen Start »wird das Brausen des Lebens alle Zweifel und Fragen gelöst haben«.

Antoine de Saint-Exupéry wurde am 29. Juni 1900 in Lyon geboren. Er entstammt einem alten französischen Adelsgeschlecht, wurde in Jesuitenschulen erzogen und trat mit 21 Jahren in den zivilen Luftdienst ein. Er flog auf Verkehrslinien in drei Erdteilen. 1939 stellte er einen Rekord im Überfliegen des Atlantiks auf. Im Zweiten Weltkrieg emigrierte er als Fliegerhauptmann nach der Besetzung Frankreichs in die USA, kehrte aber mit der Invasionsarmee 1944 nach Frankreich zurück. Am 31. Juli 1944 wurde er bei einem Aufklärungsflug über dem Mittelmeer abgeschossen. Seine Bücher, in deren Mittelpunkt meist das Erlebnis des Fliegens steht, wurden Welterfolge.

Werke u. a.: ›Südkurier‹ (1929), ›Nachtflug‹ (1931), ›Wind, Sand und Sterne‹ (1939), ›Flug nach Arras‹ (1942), ›Der kleine Prinz‹ (1943), ›Die Stadt in der Wüste‹ (1948).

Antoine de Saint-Exupéry

Nachtflug

Roman

Auf der Grundlage
der Übersetzung
von Hans Reisiger
neu bearbeitet

Mit einem Vorwort von
André Gide

Fischer
Taschenbuch
Verlag

Limitierte Sonderausgabe
Veröffentlicht im Fischer Taschenbuch Verlag GmbH,
Frankfurt am Main, Januar 1995

Lizenzausgabe mit freundlicher Genehmigung
des S. Fischer Verlags GmbH, Frankfurt am Main
Die französische Originalausgabe erschien
1931 unter dem Titel ›Vol de Nuit‹
Für die deutsche Ausgabe:

Umschlaggestaltung: Balk / Walch
Umschlagabbildung: Henri-Edmond Cross,
»Die goldenen Inseln«, 1891/92,
Öl auf Leinwand, Paris, Musée d' Orsay
Satz: Fotosatz Otto Gutfreund, Darmstadt
Druck und Bindung: Clausen & Bosse, Leck
Printed in Germany
ISBN 3-596-12626-6

Gedruckt auf chlor- und säurefreiem Papier

Nachtflug

Für Didier Daurat

Vorwort

Es handelte sich für die Luftverkehrsgesellschaften darum, an Schnelligkeit mit den anderen Beförderungsmitteln zu wetteifern. »Das ist für uns«, sagt Rivière, prachtvolle Führergestalt, in diesem Buche, »eine Lebensfrage, weil wir den Vorsprung, den wir tagsüber vor den Eisenbahnen und Dampfern gewonnen haben, jede Nacht wieder verlieren.« Dieser Nachtdienst, anfangs heftig umstritten, dann zugelassen und schließlich nach Überwindung der ersten großen Schwierigkeiten allgemein durchgeführt, war zu der Zeit, in der diese Erzählung spielt, noch eine sehr gewagte Sache; denn zu all den unberechenbaren Gefahren, die jede Fluglinie umlauern, kam nun noch das Trügerische und Bedrohliche der Finsternis hinzu. Ich beeile mich festzustellen, daß diese Gefahr, so groß sie auch heute noch ist, sich von Tag zu Tag verringert; denn jede neue Fahrt trägt das ihre dazu bei, die nächstfolgende müheloser und sicherer zu gestalten. Aber ebenso wie die Geschichte der Forschungsreisen hat auch die Geschichte der Luftfahrt ihre heroische Erstlingsepoche, und dieser ›Nachtflug‹, der uns das tragische Abenteuer eines jener Pioniere der Luft schildert, klingt mit Fug und Recht wie ein Heldengedicht.

Ich liebe das erste Buch von Saint-Exupéry, aber dieses hier noch viel mehr. Im ›Südkurier‹ waren die mit packender Schärfe wiedergegebenen Erlebnisse des Fliegers verwoben mit einer Herzensgeschichte, die uns den Helden gefühlsmäßig nahebrachte, indem sie das Menschliche, Liebebedürftige, Verwundbare an ihm zeigte. Der Held des ›Nachtflugs‹ ist sicherlich auch nur ganz einfach ein Mensch, aber er wächst dennoch irgendwie ins unpersönlich Übermenschliche empor. Ich glaube, was mir so besonders an dieser leidenschaftlichen Erzählung gefällt, ist das Adelige an ihr. Die Schwächen, die Hilflosigkeit, das Versagen des Menschen sind uns genugsam bekannt, und die Literatur von heute versteht sich nur allzugut darauf, sie bloßzulegen; aber die Selbstüberwindung kraft eigener Willensanspannung, die tut uns besonders not, die soll man uns schildern.

Bewundernswerter noch als die Gestalt des Fliegers erscheint mir die seines Vorgesetzten Rivière. Rivière handelt zwar nicht selbst, aber er treibt die andern zum Handeln, zur Tat; er impft seinen Piloten seine eigene sittliche Kraft ein, er fordert das Höchste von ihnen, er zwingt sie zum Heldentum. Seine unnachgiebige Entschlossenheit duldet keine Schwäche, er straft unerbittlich das geringste Versagen. Seine Strenge könnte auf den ersten Blick unmenschlich und übertrieben erscheinen. Aber sie richtet sich nicht gegen die Menschen selber, die Rivière nur für seinen Zweck zurechtschmieden will, sondern gegen das Unvollkommene an sich. Man spürt in dieser Schilderung die ganze Bewunderung des Verfassers für diese Gestalt, und ich persönlich weiß ihm besonderen Dank dafür, daß er die paradoxe Wahrheit ins rechte Licht gerückt hat, die für mich von außerordentlicher psychologischer Bedeutung ist: daß das Glück des Menschen nicht in der Freiheit besteht, sondern in der Hingabe an eine Pflicht. Jeder einzelne in diesem Buch ist leidenschaftlich und ausschließlich dem hingegeben, was er tun *muß*, der gefahrvollen Aufgabe, deren Erfüllung allein ihm Beruhigung und Glück verheißt. Und man erkennt sehr wohl, daß auch Rivière keineswegs gefühllos ist (nichts Ergreifenderes als die Schilderung, wie die Frau des Vermißten zu ihm kommt) und daß für ihn nicht weniger Mut dazu gehört, seine Befehle zu geben, als für seine Piloten, sie auszuführen. »Um geliebt zu werden«, sagt er einmal, »braucht man nur zu bemitleiden. Ich bemitleide so gut wie nie, oder ich verberge es.« Und ferner: »Man soll die lieben, über die man befiehlt, aber man soll es ihnen nicht sagen.«

Darin spricht sich die ›dunkle Empfindung‹ aus ›von einer Pflicht, höher als Liebe‹; das Gefühl, daß der Mensch seinen Endzweck nicht in sich selber findet, sondern sich unterzuordnen und sich zu opfern hat irgendeinem Etwas, das Macht über ihn hat und von ihm lebt. Das ist die gleiche ›dunkle Empfindung‹ – ich erkenne es mit Genugtuung wieder –, die meinem Prometheus die paradoxen Worte eingab: »Ich liebe den Menschen nicht, aber ich liebe das, was ihn verzehrt.« Das ist die Quelle alles Heldischen: »Wir handeln«, sagt Rivière, »als ob es etwas gäbe, das das Menschenleben an Wert übertrifft... Aber *was?*« Und abermals: »Vielleicht gibt es etwas anderes, Dauerhafteres, das es zu bewahren gilt; vielleicht ist es *dieses* Teil des Menschen, um dessentwillen ich arbeite.« Zweifeln wir nicht daran.

In einer Zeit, in der der Begriff des Heldischen mehr und mehr aus der Armee verschwindet, weil sich in den Kriegen von morgen, deren Schrecknisse uns die Chemiker vorausmalen, für Mannesmut kaum noch Verwendung finden dürfte – ist in dieser Zeit die Luftfahrt nicht derjenige Bereich, wo wir den Mut am bewundernswertesten und nutzbringendsten sich entfalten sehen? Was an sich Tollkühnheit wäre, wird hier zur einfachen Dienstpflicht. Der Pilot, der unablässig sein Leben aufs Spiel setzt, hat einiges Anrecht darauf, die Vorstellung, die wir uns für gewöhnlich von ›Mut‹ machen, zu belächeln. Wird Saint-Exupéry mir erlauben, einen schon lange zurückliegenden Brief von ihm zu zitieren? Er stammt aus der Zeit, in der er als Flieger in Mauretanien Dienst tat, um die Linie Casablanca–Dakar zu sichern:

›Ich weiß nicht, wann ich zurückkommen werde, ich habe so viel zu tun seit einigen Monaten: nach vermißten Kameraden suchen, Flugzeuge wieder flottmachen, die in aufständischem Gebiet notlanden mußten, und ein paar Kurierflüge über Dakar.

Ich habe glücklich eine kleine Heldentat vollbracht: zwei Tage und zwei Nächte unterwegs, mit elf Mauren und einem Mechaniker an Bord, um ein Flugzeug zu bergen. Allerlei heftige Schießerei. Zum erstenmal hab' ich Kugeln mir übern Kopf pfeifen hören. Jetzt weiß ich wenigstens endlich, wie so etwas auf mich wirkt: ich war viel ruhiger als die Mauren. Aber ich habe auch begriffen, was mich immer verwundert hatte: weshalb Plato (oder Aristoteles?) dem Mut die niedrigste Rangstufe unter den Tugenden zuweist. Nicht gerade sehr edle Gefühle, aus denen er sich zusammensetzt: ein bißchen Wut, ein bißchen Eitelkeit, ein gut Teil Trotz und ganz gewöhnliche Sportlust. Vor allem auch ein gesteigertes Gefühl physischer Kraft, obwohl die eigentlich nichts dabei zu tun hat. Man kreuzt die Arme über dem offenen Hemd und atmet tief. Alles in allem eher ein Wohlgefühl. Wenn es bei Nacht passiert, mischt sich darein das Gefühl, eine ungeheure Dummheit begangen zu haben. Nie wieder werd' ich einen Menschen bewundern, der nichts als mutig ist.‹

Als Nachwort dazu könnte ich eine Stelle aus dem Buch von Quinton* zitieren (dem ich übrigens durchaus nicht immer beistimme): ›Man verbirgt seinen Mut ebenso wie seine Liebe‹, oder noch besser: ›Die Mutigen verhehlen ihre Taten, wie die Rechtschaffenen ihre Almosen. Sie verheimlichen sie oder schützen andere Motive vor.‹ Alles, was Saint-Exupéry erzählt, trägt den Stempel des Selbsterlebten. Dies: daß er selber mehr als einmal der Gefahr die Stirn geboten hat, gibt dem Buche den Reiz des Echten und Unnachahmlichen. Lediglich der Phantasie entsprungene Geschichten von Krieg und Abenteuern gibt es in großer Zahl; sie mögen zuweilen von einer gewissen Einfühlungskraft des Verfassers zeugen; den wirklichen Abenteurern und Kämpfern werden sie jedoch meist nur ein Lächeln abnötigen. Die vorliegende Erzählung, die ich als literarisches Werk

* René Quinton, »Maximes sur la Guerre«, Paris 1930.

bewundere, hat zugleich den Wert eines Dokuments; und diese beiden so unverhofft vereinigten Eigenschaften geben diesem ›Nachtflug‹ seine ungewöhnliche Bedeutung.

André Gide

I

Die Höhenzüge, tief unter dem Flugzeug, gruben schon ihre Schattenfurchen ins Gold des Abends. Aber die Ebenen glommen noch in hartnäckigem Licht: sie können sich dortzulande nie entschließen, ihr Gold herzugeben, ebenso wie sie nach dem Winter nie von ihrem Schnee lassen wollen.

Und der Pilot Fabien, der das Postflugzeug Patagoniens vom äußersten Süden her nach Buenos Aires zurückführte, steuerte in den nahenden Abend wie in die Gewässer eines Hafens: Stille weithin, kaum gefurcht von ein paar leichten, regungslosen Wolken. Glückliche Geborgenheit einer riesigen Reede.

Es war ihm auch, als schlenderte er langsam durch diesen Frieden dahin, fast wie ein Hirte. Die Hirten Patagoniens ziehen gemächlich von Herde zu Herde: er zog von Stadt zu Stadt, er war der Hirt der kleinen Städte. Alle zwei Stunden traf er auf welche, zur Tränke gedrängt ans Ufer der Flüsse oder weidend auf ihrer Ebene.

Manchmal, nach hundert Kilometern Steppe, unbewohnter als das Meer, überflog er eine verlorene Farm, die ihre Fracht Menschenleben nach rückwärts durch die Wogen der Prärie davonzutragen schien wie eine Arche, dann grüßte er mit seinen Flügeln.

»San Julian ist in Sicht; wir landen in zehn Minuten.«
Der Bordfunker gab die Nachricht an alle Stationen der Linie weiter.
Auf zweitausendfünfhundert Kilometer, von der Magalhãesstraße bis Buenos Aires, reihten sich die Stationen gleichförmig gestaffelt; aber die, der man jetzt zuflog, erschien wie ein letzter Grenzort am Rande der Nacht, gleich einem jener letzten unterworfenen afrikanischen Nester am Rande des Unbekannten.
Der Funker schob dem Piloten einen Zettel zu:
»Es sind so viele Gewitter in der Luft, daß ich die Hörer ganz voll habe davon. Werden Sie in San Julian übernachten?«
Fabien lächelte: der Himmel war still wie ein Aquarium, und alle Stationen vor ihnen meldeten: »Klarer Himmel, kein Wind.« Er antwortete:
»Wir fliegen weiter.«
Aber der Funker dachte an Gewitter, die sich sicher irgendwo eingenistet hatten, wie Würmer in einer Frucht; mochte die Nacht noch so schön sein, sie war angefault: etwas in ihm sträubte

sich dagegen, sich in dieses verwesungsreife Dunkel hineinzubegeben.
Während Fabien mit gedrosseltem Motor auf San Julian niederglitt, fühlte er sich müde. Alles, was das Dasein der Menschen behaglich macht, wuchs ihm entgegen: ihre Häuser, ihre kleinen Cafés, die Bäume ihrer Promenade. Er war wie ein Eroberer, der sich am Abend seines Siegs über die Lande des Reiches beugt und zum erstenmal das bescheidene Menschenglück gewahrt. Ein Verlangen war in ihm, die Waffen abzulegen, die Schwere und Steifheit seiner Glieder zu spüren, denn auch Mühsal schafft Behagen, und hier nur noch ein einfacher Mensch zu sein, der durch sein Fenster hinausschaut auf ein Daseinsbild, das sich nun nie mehr wandelt. Dieses winzige Nest, er hätte es gerne akzeptiert: hat man einmal gewählt, so gibt man sich zufrieden mit dem Zufall seines Daseins und kann sein Herz daran hängen. Es gewährt den Segen der Beschränkung, wie die Liebe. Fabien hätte gewünscht, lange Zeit hier zu leben, sein Teil Ewigkeit hier an sich zu nehmen; denn sie erschienen ihm wie etwas Ewiges, außerhalb seines Ich, diese kleinen Städte, in denen er immer nur eine Stunde verbrachte, und diese Gärten, umhegt von alten Mauern, die er überflog. Und die Ortschaft stieg der Besatzung entgegen und öffnete sich ihr. Und

Fabien dachte an die Freundschaften, an die zärtlichen Mädchen, an die Traulichkeit der weißen Tischtücher, an alles, was sich gemächlich einrichtet auf die Ewigkeit. Und die kleine Stadt glitt schon dicht unter den Flügeln dahin und enthüllte das Geheimnis ihrer geschlossenen Gärten, die ihre Mauern nicht mehr beschützten. Aber Fabien wußte, als er gelandet war, daß er nichts gesehen hatte als die langsame Bewegung von ein paar Menschen zwischen ihren Steinen. Diese Stadt hielt ihre Leidenschaften hinter ihrer Unbeweglichkeit verborgen, diese Stadt gab ihre Süße nicht preis: um sie zu gewinnen, hätte man auf die Tat verzichten müssen.

Als die zehn Minuten Aufenthalt um waren, mußte Fabien wieder scheiden.

Er schaute auf San Julian zurück: es war nur noch eine Handvoll Lichter, dann Sterne, dann verlor sich der Staub, der ihn zum letztenmal in Versuchung geführt hatte.

»Ich sehe die Zeiger nicht mehr: ich mache Licht.«

Er schaltete die Instrumentenbeleuchtung ein, aber die roten Lampen warfen in diesem Dämmerblau nur ein so schwaches Licht auf die Zeiger, daß es sie nicht färbte. Er hielt seine Finger vor eine Birne: sie röteten sich kaum.

»Zu früh.«

Indessen stieg die Nacht herauf wie dunkler Rauch und füllte schon die Täler. Sie waren nicht mehr von den Ebenen zu unterscheiden. Dafür blitzten jetzt die Dörfer auf, Sternbilder, die einander antworteten. Und auch er ließ mit dem Finger seine Positionslichter blinken zur Antwort. Die ganze Erde war übersponnen von Lichtgrüßen, jedes Haus zündete seinen Stern an vor der unendlichen Nacht, so wie man das Feuer eines Leuchtturms gegen das Meer wendet. Alles, was Menschenleben barg, glitzerte. Fabien schwoll das Herz: wie in einen Hafen war diesmal die Einfahrt in die Nacht, sacht und schön.

Er beugte sich zum Schaltbrett. Das Radium der Zeiger begann zu leuchten. Eine nach der andern prüfte der Pilot die Ziffern und war zufrieden. Man saß ganz solide hier in diesem Himmelsraum. Er tippte mit dem Finger an einen Stahlspanten und fühlte das Leben durch das Metall rieseln: dieser Stahl vibrierte nicht, er lebte. Die fünfhundert Pferdestärken des Motors weckten in der Materie einen ganz sanften Strom, der ihre Eishärte in samtweiches Fleisch verwandelte. So war es immer. Weder Schwindel noch Rausch empfand man im Flug, sondern nur das geheimnisvolle Arbeiten eines lebendigen Organismus.

Er hatte sich jetzt seine Welt wiederhergerichtet und machte es sich mit den Ellbogen darin bequem.

Er griff an die elektrische Schalttafel, prüfte die Schalter der Reihe nach, rückte ein wenig herum, lehnte sich tiefer in den Sitz und suchte nach der besten Stellung, um das Schaukeln der fünf Tonnen Metall recht zu spüren, die die leise bewegte Nacht auf ihren Schultern trug. Dann tastete er umher, schob seine Notlampe an ihren Platz, ließ sie los, fand sie wieder, vergewisserte sich, daß sie nicht rutschen konnte, ließ sie wieder los, um an jeden Hebel zu rühren und seine Finger zu üben, wie für eine Welt von Blinden. Dann, als er seiner Hände ganz sicher war, erlaubte er sich, eine Lampe anzuzünden, seine Präzisionsinstrumente zu schmücken, und überwachte nach den Zifferblättern sein Eintauchen in die Nacht. Dann, als nichts schwankte, nichts vibrierte, nichts zitterte und sein künstlicher Horizont, sein Höhenmesser und der Tourenzähler ganz ruhig blieben, streckte er sich ein wenig, lehnte seinen Nacken gegen das Leder des Sitzes und begann sich der tiefen Beschaulichkeit des Flugs hinzugeben, die einen wohlig mit einer unerklärlichen Hoffnung erfüllt.

Und so, wach im Herzen der Nacht wie ein Wächter, entdeckt er plötzlich, daß die Nacht den Menschen offenbart: diese Lichter, diese stummen Rufe, diese Unruhe. Der einzelne Stern dort im Dunkeln: die Einsamkeit eines Hauses. Einer erlischt: das ist ein Haus, das sich über seiner Liebe schließt.
Oder über seiner Langeweile. Ein Haus, das aufhört, der übrigen Welt sein Zeichen zu geben. Sie wissen nicht, wohin ihr Hoffen geht, die Bauern, die da mit aufgestützten Ellbogen am Tisch hocken vor ihrer Lampe: sie wissen nicht, daß ihr Wünschen so weit trägt in der großen Nacht, die sie umfängt. Aber er, Fabien, erspäht es, wenn er tausend Kilometer weit daherkommt, auf und ab gewiegt in der Dünung der Luft, wenn er zehn Gewitter durchquert hat wie Kriegsgebiete, mit Mondlichtungen dazwischen, und wenn er diese Lichter erreicht, eins nach dem andern, im Gefühl des Siegs. Diese Menschen meinen, ihre Lampe leuchte für ihren bescheidenen Tisch, aber achtzig Kilometer weit von ihnen vernimmt man schon den Ruf dieses Lichts, so als schwenkten sie es verzweifelt auf einer verlassenen Insel am Rande des Meeres.

II

So flogen die drei Postflugzeuge Patagoniens, Chiles und Paraguays von Süden, Westen und Norden her nach Buenos Aires zurück. Dort erwartete man ihre Ladung, um gegen Mitternacht den Europakurier starten zu lassen.
Drei Piloten, jeder hinter einer Haube, schwer wie eine Schaluppe, verloren in der Nacht, bedachten ihren Flug und würden nun bald aus ihrem Gewitter- oder Sternenhimmel langsam herabsteigen zu der riesigen Stadt, wie fremdartige Bauern aus ihren Bergen.
Rivière, verantwortlicher Leiter des gesamten Streckennetzes, ging auf dem Landeplatz von Buenos Aires hin und her. Schweigend. Denn bis zur Ankunft der drei Flugzeuge blieb dieser Tag für ihn bedroht. Minute um Minute, mit jedem Funkspruch, der eintraf, hatte Rivière das wachsende Gefühl, dem Schicksal etwas zu entreißen, den Einfluß des Unbekannten zu verringern und seine Besatzungen aus der Nacht herauszuziehen ans Ufer.
Ein Arbeiter trat an ihn heran, um ihm eine Nachricht der Funkstation zu überbringen:
»Der Chilekurier meldet, daß er die Lichter von Buenos Aires in Sicht hat.«

»Gut.«
Bald würde Rivière dieses Flugzeug hören: eines lieferte die Nacht schon aus, so wie ein Meer voller Strömungen und Geheimnisse einen Schatz an den Strand treibt, den es lange hin und her gespült. Und später würde sie ihm auch die beiden anderen herausgeben.
Dann war ein Strich unter diesen Tag gemacht. Dann konnten die erschöpften Besatzungen schlafen gehen, ersetzt durch frische. Aber er, Rivière, würde noch keine Ruhe haben: der Europakurier würde ihm neue Unruhe bescheren. So würde es immer sein. Immer. Zum erstenmal überraschte sich der alte Kämpfer dabei, daß er sich müde fühlte. Die Rückkehr der Flugzeuge würde nie der Sieg sein, der einen Krieg beendigt und eine Ära glücklichen Friedens eröffnet. Immer würden jedem Schritt, den er tat, tausend gleiche folgen. Ihm war, als trüge er eine bleischwere Last mit gestreckten Armen, wie lange schon; eine Mühe ohne Rast und ohne Hoffnung. ›Ich werde alt...‹ Alt, wenn er nicht mehr im Tun selbst seine Befriedigung fand. Er wunderte sich über sich selber, daß er sich plötzlich mit Fragen abgab, die er sich nie gestellt hatte. Aber mit schwermütigem Flüstern umgeisterte ihn die Fülle aller Annehmlichkeiten, die er immer beiseite geschoben hatte: eine verlorene Welt. ›So nah also ist das alles? ...‹ Er gestand sich ein, daß

er alles, was das Leben süß macht, nach und nach auf das Alter verschoben hatte, auf den Augenblick, da er ›Zeit dazu haben‹ würde. Als ob man wirklich eines Tages Zeit dazu haben könnte; als ob man am Ende des Lebens den glücklichen Frieden gewinnen könnte, den man sich erträumt. Aber es gibt keinen Frieden. Es gibt vielleicht auch keinen Sieg. Es gibt keine endgültige Rückkehr aller Flugzeuge.
Rivière blieb vor Leroux stehen, einem alten Werkmeister, der bei der Arbeit war. Auch Leroux plagte sich seit vierzig Jahren. Und die Arbeit nahm alle seine Kräfte in Anspruch. Wenn Leroux gegen zehn Uhr abends heimkam, oder gegen Mitternacht, so war das nicht eine andere Welt, die sich ihm bot; es war keine Ablenkung. Rivière lächelte dem Mann zu, der sein schweres Gesicht hob und auf eine blaugelaufene Achse deutete: »Das saß zu stramm, aber jetzt hab' ich's.« Rivière beugte sich über die Achse, war wieder ganz bei der Sache. »Man muß den Werkstätten sagen, daß sie die Lager mit mehr Spiel montieren.« Er befühlte mit den Fingern die Spuren der Reibung, betrachtete dann wieder Leroux. Eine närrische Frage kam ihm auf die Lippen angesichts dieser strengen Furchen. Er mußte darüber lächeln:
»Haben Sie sich viel mit Liebe abgegeben, Leroux, in Ihrem Leben?«

»Ach, Liebe, wissen Sie, Herr Direktor...«
»Sie sind wie ich, Sie haben nie Zeit gehabt.«
»Nicht allzuviel...«
Rivière lauschte auf den Ton der Stimme, um zu hören, ob die Antwort bitter klang: sie klang nicht bitter. Dieser Mann empfand angesichts seines vergangenen Lebens die ruhige Befriedigung, wie sie ein Tischler empfindet, der ein Brett schön poliert hat: ›So, das ist getan.‹
›So‹, dachte Rivière. ›Mein Leben ist getan.‹
Er verscheuchte alle trüben Gedanken, die von seiner Ermüdung kamen, und wandte sich zur Flugzeughalle, denn man hörte schon den Chilekurier brummen.

III

Das Geräusch des fernen Motors schwoll immer mehr an. Man machte Licht. Die roten Landelichter beschienen eine Flugzeughalle, Funkmasten, ein quadratisches Gelände. Man rüstete zum Fest.

»Da ist es!«

Das Flugzeug rollte schon in die Lichtkegel der Scheinwerfer. So funkelnd, daß es wie neu aussah. Doch als es endlich vor der Halle stoppte und die Mechaniker und Werkleute sich eilig herandrängten, um die Post auszuladen, rührte sich der Pilot Pellerin nicht von seinem Platz.

»Hallo! Auf was warten Sie denn noch?«

Der Pilot, geheimnisvoll beschäftigt, würdigte sie keiner Antwort. Vielleicht hörte er noch das ganze Getöse des Flugs in sich rauschen. Er schüttelte langsam den Kopf, beugte sich vor, fingerte an irgend etwas herum. Endlich wandte er sich den Vorgesetzten und Kameraden zu und betrachtete sie ernst wie seinen Besitz. Er schien sie zu zählen, zu messen und zu wiegen, und dachte, daß er sie wohlverdient hätte, und auch diese festliche Flugzeughalle und diesen festen Betongrund und, weiter drüben, diese Stadt mit ihrem Getümmel, ihren Frauen und ihrer Wärme. Er hielt diese Leute in seinen breiten Händen, wie etwas, das ihm gehörte, das er berühren, hören, beschimpfen konnte. Er wollte sie zuerst beschimpfen, daß sie so ruhig, so sicher ihres Lebens dastünden und den Mond bewunderten; aber dann wurde er leutselig.

»... Könntet mir einen ausgeben!«

Und er stieg aus.

Er wollte von seinem Flug erzählen:

»Wenn ihr wüßtet! ...«

Damit schien ihm wohl genug gesagt, denn er ging weg, seine Lederkleidung auszuziehen.

Als der Wagen ihn zusammen mit einem grämlichen Inspektor und dem schweigenden Rivière nach Buenos Aires fuhr, wurde er traurig: feine Sache, so mit heiler Haut davonzukommen und mit ein paar kernigen Flüchen den Fuß wieder auf die Erde zu setzen. Mächtig feines Gefühl! Aber nachher, wenn man wieder an alles zurückdenkt, kommen einem Zweifel, man weiß nicht woran.

Der Kampf im Zyklon, das ist wenigstens was Wirkliches, Handfestes. Aber etwas anderes ist es um das Gesicht der Dinge, dieses Gesicht, das sie annehmen, wenn sie sich allein glauben. Er dachte:

›Genau wie bei einem Aufruhr: Gesichter, kaum

ein bißchen bleicher als sonst, und doch dermaßen verändert!‹

Er zwang sich, sich zu erinnern.

Er flog friedlich über die Kette der Anden dahin. Die Schneelasten des Winters ruhten auf ihr mit der ganzen Wucht ihrer Stille. Die Schneelasten des Winters hatten Frieden gebreitet über diese Steinmassen, wie die Jahrhunderte über tote Burgen. Auf zweihundert Kilometer hin kein Mensch, kein Lebenshauch, keine Regung. Nur senkrechte Schroffen, an denen man, in sechstausend Meter Höhe, vorbeistreicht; nur Felsmäntel, in steilen Falten abfallend, nur furchtbare Stille.

Im Gebiet des Pik Tupungato war es geschehen...

Er dachte nach. Jawohl, dort war es, wo er mit eigenen Augen ein Wunder geschaut hatte.

Denn zuerst hatte er gar nichts gesehen, sondern sich einfach geniert gefühlt, wie einer, der sich allein glaubte, der nun nicht mehr allein ist, den man anblickt. Er hatte sich, zu spät und ohne recht zu begreifen wie, von etwas Zornigem umgeben gefühlt. Das war es. Von wo kam dieser Zorn?

Woran erriet er, daß er aus dem Gestein sickerte, daß er aus dem Schnee träufelte? Nichts schien auf ihn zuzukommen, kein Wetterdunkel war im Anzug. Und dennoch: eine zweite Welt, kaum verändert, ging hier aus der wirklichen Welt hervor. Pellerin betrachtete, indem das Herz sich ihm unerklärlich zusammenpreßte, diese harmlosen Gipfel, diese Schroffen, diese Schneekämme, die kaum ein bißchen fahler aussahen, aber dennoch zu leben anfingen – wie eine Volksmenge.

Obwohl er nicht zu kämpfen hatte, krampfte er die Hände um das Steuer. Irgend etwas bereitete sich vor, das er nicht begriff. Er straffte seine Muskeln wie ein Tier, das zum Sprung ansetzt, aber wohin er auch schaute, alles war ruhig. Ja, ruhig, aber mit einer rätselhaften Gewalt geladen.

Dann hatte sich alles zugespitzt. Die Schroffen, die Piks, alles wurde scharf: man fühlte sie wie Schiffsschnäbel durch den harten Wind stoßen. Und dann schien es ihm, als ob sie sich rings um ihn in Bewegung setzten, gleich Riesenschiffen, die sich zum Kampf ordnen. Und dann war plötzlich in der Luft ein Staub: er glitt die Schneeflächen entlang und wehte sacht wie ein Schleier empor. Um einen Ausweg zu suchen für den Fall, daß er zum Rückzug genötigt sein würde, wandte er den Kopf nach hinten und erzitterte: die ganzen Kordilleren hinter ihm schienen zu brodeln.

›Ich bin verloren.‹

Von einem Gipfel gerade vor ihm schoß der

Schnee empor: ein Vulkan von Schnee. Dann von einem zweiten etwas rechts. Und so entflammten sich alle Gipfel einer nach dem andern, wie von einem unsichtbaren Läufer der Reihe nach in Brand gesetzt. Nun stießen die ersten Böen auf, und die Gebirge um den Piloten begannen zu schwanken.

Angespanntes Handeln hinterläßt wenig Spuren: er fand in sich keine Erinnerung mehr an die gewaltigen Böen, die ihn hin und her geschleudert hatten. Er wußte nur noch, daß er wild um sich geschlagen hatte in diesen weißgrauen Flammen.

Er dachte nach.

›Der Zyklon, das ist gar nichts. Man schaut, daß man mit heiler Haut davonkommt. Aber vorher! Was einem da begegnet!‹

Eine Sekunde war es ihm, als ob er ein bestimmtes Gesicht unter Tausenden wiedererkannte, aber schon hatte er es wieder vergessen.

IV

Rivière betrachtete Pellerin von der Seite. In einer Viertelstunde, dachte er, wenn dieser Mann aussteigen wird, wird er mit einem Gefühl von Ermattung und Schwere in der Menge untertauchen. Er wird vielleicht denken: ›Ich bin sehr müde… ein Sauberuf!‹ Und zu seiner Frau wird er vielleicht irgend etwas sagen wie ›hier ist's besser als über den Anden‹. Und dennoch war dieser Mann schon zu einem Teil losgelöst von alledem, worauf die Menschen so viel Wert legen, hatte das Fragwürdige daran erkennen gelernt. Eben wieder hatte er ein paar Stunden die Kehrseite der Medaille erlebt, ohne zu wissen, ob es ihm vergönnt sein würde, diese Stadt in ihrem Lichterglanz wieder um sich zu sehen, ob er zu seinen kleinen menschlichen Schwächen, lästigen, aber lieben Vertrauten von Kindheit an, zurückkehren würde. ›In jeder Menge‹, dachte Rivière, ›gibt es Menschen, die einem gar nicht auffallen und die dennoch Kunde tragen vom Ungewöhnlichen. Und ohne es selbst zu wissen. Vorausgesetzt, daß…‹ Rivière fürchtete eine gewisse Sorte von Bewunderern. Sie begriffen nichts von der heiligen Natur des Abenteuers, und ihre Lobsprüche verfälschten seinen wahren Sinn, setzten den Menschen herab. Aber dieser Pellerin wußte seine Würde zu wahren, die schlichte Würde seines Wissens darum, was die Welt, in gewissem Lichte besehen, wert ist, und wußte alle wohlfeile Bewunderung mit tiefer Verachtung abzuweisen. Deshalb beglückwünschte ihn Rivière jetzt: »Wie haben Sie's geschafft?« Und empfand es als wohltuend, daß der andere einfach von Fachmann zu Fachmann sprach und von seinem Flug redete wie ein Schmied von seinem Amboß.

Pellerin berichtete zuerst, wie ihm der Rückzug abgeschnitten worden war. Er entschuldigte sich fast: »Ich hab' keine andere Wahl gehabt.« Dann hatte er nichts mehr sehen können: der Schnee hatte ihn geblendet. Aber heftige Strömungen hatten ihn gerettet, indem sie ihn auf siebentausend Meter Höhe trugen. »Ich muß die ganze Zeit über fast in Höhe der Grate geflogen sein.« Er sprach auch vom künstlichen Horizont, dessen Luftzufuhr man verlegen müsse, der Schnee verstopfe sie: »Da bildet sich Eis, wissen Sie.« Später hatten ihn andere Strömungen wieder abwärts gerissen, und bei dreitausend Meter begriff er nicht mehr, warum er nicht schon längst zerschellt war. Der Grund war der, daß er bereits über der Ebene flog.

»Ganz plötzlich hab' ich's gemerkt, wie ich auf einmal in klarem Himmel rauskam.« Wozu er dann noch die Bemerkung fügte, es sei ihm in dem Augenblick gewesen, als käme er aus einer Höhle hervor.

»Sturm auch in Mendoza?«

»Nein. Ich bin bei klarem Himmel gelandet, ohne Wind. Aber das Unwetter war dicht hinter mir her.«

Er beschrieb es, »denn«, sagte er, »es war immerhin merkwürdig.« Der oberste Teil verlor sich ganz hoch in der Schneewolke, aber der unterste Teil quoll über die Ebene hin wie schwarze Lava. Eine nach der andern wurden die Städte davon verschluckt. »Ich hab' noch nie so was gesehen...« Dann schwieg er, von irgendeiner Erinnerung gepackt.

Rivière wandte sich zu dem Inspektor.

»Das ist ein Zyklon vom Stillen Ozean, man hat uns zu spät Meldung gemacht. Diese Zyklone überschreiten sonst nie die Anden. Es war nicht vorauszusehen, daß gerade der nach Osten weiterziehen würde.«

Der Inspektor, der nichts davon verstand, nickte zustimmend.

Der Inspektor schien zu zögern, wandte sich zu Pellerin um, und sein Adamsapfel bewegte sich. Aber er schwieg und nahm nach einiger Über-

legung, gerade vor sich hinschauend, seine grämliche Würde wieder an.
Er führte sie mit sich herum wie ein Gepäckstück, diese Grämlichkeit. Gestern abend zu Schiff in Argentinien angekommen, von Rivière herbeigerufen in irgendwelchen unbestimmten Angelegenheiten, fühlte er sich unbeholfen mit seinen großen Händen und seiner Inspektorswürde. Es war ihm verwehrt, Bewunderung zu äußern; er hätte auch nicht die Phantasie und den Schwung dazu gehabt: er bewunderte von Amts wegen nur die Pünktlichkeit. Es war ihm verwehrt, etwa ein Glas in Gesellschaft zu trinken, einen Kameraden zu duzen oder einen faulen Witz zu riskieren, außer wenn ein unwahrscheinlicher Zufall es fügte, daß er auf derselben Station einem anderen Inspektor begegnete.
›Ein hartes Los‹, dachte er, ›Richter zu sein.‹
Um die Wahrheit zu sagen, er richtete nicht, sondern schüttelte immer nur den Kopf. Da er von nichts etwas verstand, schüttelte er immer nur langsam den Kopf vor allem, was ihm unter die Augen kam. Das beunruhigte die schlechten Gewissen und trug zur guten Erhaltung des Materials bei. Er war nicht eben beliebt, denn ein Inspektor ist nicht dazu da, geliebt zu werden, sondern um Berichte zu verfassen. Er hatte darauf verzichtet, neue Arbeitsmethoden und tech-

nische Lösungen vorzuschlagen, seit Rivière einmal geschrieben hatte: ›Der Inspektor Robineau wird gebeten, uns nicht Gedichte, sondern Berichte zu liefern. Der Inspektor Robineau wird den nützlichsten Gebrauch von seinen Kompetenzen machen, wenn er sein Augenmerk darauf richtet, den Eifer des Personals anzuspornen.‹ Und so warf er sich von da an auf alle menschlichen Schwächen wie auf sein tägliches Brot. Auf den Mechaniker, der trank, den Stationsleiter, der sich die Nächte um die Ohren schlug, den Piloten, der harte Landungen machte.

Rivière sagte von ihm: »Er ist nicht sehr intelligent, trotzdem leistet er gute Dienste.« Eine Vorschrift, die Rivière sich selber gab, hieß: Menschenkenntnis; aber für Robineau existierte nur die Kenntnis der Vorschriften.

»Robineau«, hatte Rivière eines Tages zu ihm gesagt, »zur Strafe für jeden verspäteten Start müssen Sie dem Betreffenden die Pünktlichkeitsprämie entziehen.«

»Auch im Falle höherer Gewalt? Auch bei Nebel?«

»Auch bei Nebel.«

Und Robineau empfand eine Art Stolz darauf, einen Chef zu haben, der sich stark genug fühlte, um vor Ungerechtigkeit nicht zurückzuschrecken. Und Robineau selbst zog aus einer so herausfordernden Macht ein gewisses Hoheitsgefühl.

»Sie haben um sechs Uhr fünfzehn starten lassen«, echote er später zu dem oder jenem Flughafenleiter. »Wir können Ihnen Ihre Prämie nicht zahlen.«

»Aber, Herr Robineau, um fünf Uhr dreißig konnte man keine zehn Meter weit sehen!«

»Es ist Vorschrift.«

»Aber, Herr Robineau, wir können den Nebel doch nicht wegfegen!«

Worauf Robineau sich in hoheitsvolles Geheimnis verschanzte. Er war Mitglied der Direktion. Er allein unter diesen Nullen verstand, wie man, indem man die Menschen bestrafte, das Wetter verbessern konnte.

»Er denkt gar nichts«, sagte Rivière von ihm, »das erspart es ihm, falsch zu denken.«

Wenn ein Pilot, der eine Prämie bezog, weil er bisher noch nie Bruch gemacht hatte, eine Maschine zertrümmerte, verlor er seine Prämie.

»Aber wenn er über einem Wald Panne gehabt hat?« hatte Robineau sich erkundigt.

»Auch über einem Wald.«

Und Robineau ließ es sich gesagt sein.

»Ich bedaure«, sagte er hernach zu den Piloten, berauscht von Wichtigkeit, »ich bedaure sogar unendlich, aber man hätte die Panne eben anderswo haben sollen.«

»Aber, Herr Robineau, das kann man sich doch nicht aussuchen!«

»Es ist Vorschrift.«

›Vorschrift‹, dachte Rivière, ›ist etwas Ähnliches wie die Riten einer Religion, die absurd scheinen mögen, aber die Menschen formen.‹ Es focht ihn wenig an, ob er gerecht oder ungerecht erschien. Vielleicht hatten diese Worte nicht einmal für ihn einen Sinn. Die Kleinbürger in den Kleinstädten spazieren abends um ihren Musikpavillon herum, und Rivière dachte: ›Gerecht oder ungerecht gegen sie, das ergibt keinen Sinn: sie existieren nicht.‹ Der Mensch war für ihn ungeformtes Wachs, das man kneten mußte. Man mußte diesem Stoff eine Seele geben, einen Willen schaffen. Er wollte sie nicht knechten durch diese Härte, sondern sie über sich selbst hinauszwingen. Wenn er jede Verspätung so rücksichtslos bestrafte, beging er zwar eine Ungerechtigkeit, aber er richtete dadurch den Willen jeder Station auf den Start; er *schuf* diesen Willen überhaupt erst. Indem er es nicht gestattete, daß die Leute sich etwa über unsichtiges Wetter freuten als über eine willkommene Gelegenheit zum Nichtstun, hielt er sie in Atem, und das Warten demütigte sie insgeheim, bis zum letzten, unscheinbarsten Arbeiter. So blieb keine Bresche im Wolkenverhau ungenutzt: »Aufklaren im Norden – vorwärts!«

Auf fünfzehntausend Kilometer hin galt, dank Rivière, nur eins: der Dienst an der Sache.
»Diese Menschen«, sagte Rivière manchmal, »sind glücklich, weil sie ihren Beruf lieben, und sie lieben ihn, weil ich hart bin.«
Sie hatten vielleicht unter ihm zu leiden, aber er schuf ihnen auch starke Freuden. ›Man muß sie antreiben‹, dachte er, ›zu einem starken Leben, das Leiden und Freuden mit sich bringt, aber allein Wert hat.‹

Als der Wagen in die Stadt einfuhr, ließ sich Rivière zum Büro der Gesellschaft bringen. Robineau, allein geblieben mit Pellerin, schaute ihn an und öffnete die Lippen zum Sprechen.

V

Robineau fühlte sich müde an diesem Abend. Angesichts von Pellerin, dem Sieger, hatte er soeben entdeckt, daß sein eigenes Leben grau war. Er hatte vor allem entdeckt, daß er, Robineau, trotz Inspektortitel und -würde weniger galt als der erschöpfte Mann, der da in die Ecke des Wagens gedrückt saß, die Augen geschlossen, die Hände schwarz von Öl. Zum erstenmal empfand Robineau Bewunderung. Er fühlte sich gedrängt, das auszusprechen. Er fühlte sich vor allem gedrängt, sich einen Freund zu gewinnen. Er war müde von seiner Reise und den Niederlagen des Tages; vielleicht fühlte er sich sogar ein wenig lächerlich. Er hatte sich heute abend bei der Benzinbestandsaufnahme in seinen Berechnungen verheddert, und der Verwalter selbst, den er bei Unstimmigkeiten hatte überraschen wollen, hatte schließlich mitleidig die Abrechnung für ihn beendigt. Aber vor allem hatte er die Montage einer Ölpumpe vom Typ B 6 bemängelt in der Meinung, es handle sich um den Typ B 4, und die hämischen Mechaniker hatten ihn zwanzig Minuten lang sich den Mund zerreißen lassen über »eine Unwissenheit, die durch nichts zu entschuldigen ist« – seine eigene!

Es bangte ihm auch vor seinem Hotelzimmer. Von Toulouse bis Buenos Aires – immer wieder stand nach der Arbeit vor ihm das Hotelzimmer. Jedesmal schloß er sich, von schwerwiegenden Dienstgeheimnissen geschwellt, darin ein, zog einen Stoß Papier aus seinem Handkoffer, schrieb bedächtig ›Bericht‹ auf das erste Blatt, schwang sich dann zu ein paar Zeilen auf – und zerriß das Ganze. Gern hätte er die Gesellschaft von irgendeiner großen Gefahr errettet. Aber sie geriet in keinerlei Gefahr. Sein einziges Rettungswerk bisher bestand darin, daß er einmal eine verrostete Propellernabe entdeckt hatte. Er hatte mit düsterer Miene seinen Finger langsam auf dem Rost hin und her geführt, vor den Augen eines Flugplatzleiters, der ihm im übrigen nur erwidert hatte: »Wenden Sie sich bitte an die vorige Station: das Flugzeug kommt gerade von dort.« Robineau hegte einigen Zweifel an der Rolle, die er zu spielen hatte. Er riskierte, um Pellerin näherzukommen, die Frage:
»Wollen Sie mit mir speisen? Ich brauche ein bißchen Unterhaltung, mein Beruf ist manchmal schwer...«
Worauf er, um seine Würde nicht allzusehr preiszugeben, hinzufügte:
»Ich trage so viel Verantwortung!«
Seine Untergebenen hüteten sich im allgemei-

nen davor, Robineau privat näherzutreten. Jeder dachte: ›Er hungert nach Stoff für seinen Bericht. Vielleicht hat er noch nichts gefunden und will mich fressen.‹

Aber heute abend dachte Robineau an nichts als an seine Miseren: an den peinlichen Aussatz – sein einziges wirkliches Geheimnis –, der seinen Körper plagte. Es trieb ihn, davon zu erzählen, sich bemitleiden zu lassen und, da er im Stolz keine Tröstung fand, sie in der Erniedrigung zu suchen. Auch hatte er in Frankreich eine Geliebte, der er in der Nacht nach seiner Rückkehr von seinen Inspektionsreisen zu erzählen pflegte, um ihr ein wenig zu imponieren und sie für sich einzunehmen, die aber gerade jetzt schlecht auf ihn zu sprechen war, und er fühlte sich gedrängt, von ihr zu reden.

»Also, Sie speisen mit mir?«

Pellerin sagte gutmütig zu.

VI

Die Schreiber dösten in den Büros von Buenos Aires, als Rivière eintrat. Er hatte Hut und Mantel anbehalten, er war immer wie auf Reisen, vollkommen unauffällig mit seiner kleinen, schmalen Gestalt, mit seinen grauen Haaren und seinen schlichten Kleidern, die sich in jede Umgebung einfügten. Dennoch fuhr sogleich ein Eifer in alle. Die Schreiber gerieten in Bewegung, der Bürovorsteher vertiefte sich emsig in die letzten Eingänge, die Schreibmaschinen klapperten.

Der Telephonist schob seine Stecker in den Kontakt und trug die Telegramme in ein dickes Buch ein.

Rivière setzte sich und las.

Abgesehen von dem Sturm, den der Chilekurier zu bestehen gehabt hatte, war es die Geschichte eines glücklichen Tages, an dem alles wie von selbst läuft, an dem die Meldungen, die die überflogenen Stationen der Reihe nach senden, lauter blanke Siegesnachrichten sind. Auch der Kurier von Patagonien kam rasch vorwärts: man war dem Fahrplan voraus, denn der Wind trieb in großer, günstiger Strömung von Süden nach Norden.

»Geben Sie mir die Wetterberichte.«

Jede Station rühmte ihr klares Wetter, ihren wolkenlosen Himmel, ihren guten Wind. Ein goldener Abend hatte über Amerika geleuchtet. Rivière freute sich der guten Geister. Jetzt kämpfte dieser Kurier irgendwo im Ungewissen der Nacht, aber mit den besten Aussichten.

Rivière schob das Heft zurück.

»Gut.«

Und ging hinaus, um einen Blick auf die Diensteinteilung zu werfen, nächtlicher Wächter über eine halbe Welt.

Vor einem offenen Fenster blieb er stehen und erfaßte mit innerem Blick die Nacht. Sie schloß sich um Buenos Aires, aber auch um ganz Amerika, wie um ein riesiges Schiff. Nichts Ungewohntes für ihn, so im großen zu denken: der Himmel von Santiago de Chile, ein fremder Himmel – aber war einmal der Kurier unterwegs dorthin, so lebte man, von einem Ende der Linie bis zur anderen, unter derselben riesigen Wölbung. Dieser andere Kurier jetzt, dessen Stimme man in den Hörern der Funkstation vernahm – die Fischer von Patagonien sahen zur selben Zeit seine Bordlichter leuchten. Die Unruhe, die auf Rivière lastete, wenn ein Flugzeug unterwegs war, lastete auch auf den Hauptstädten und Provinzen im Dröhnen des Motors.

Glücklich über diese sorgenfreie Nacht, erinnerte er sich an Nächte der Unordnung, wo ein Flugzeug ihm in Gefahr zu sein schien und Hilfe so schwierig war. Von der Funkstation Buenos Aires konnte man seine Klagerufe verfolgen, vermischt mit dem Knistern der Gewitter. Unter diesem tauben Gestein verlor sich das Gold der tönenden Wellen. Welche Not in diesem kleinen Ton eines Flugzeugs, das wie ein blinder Pfeil dahinschwirrte gegen die Hindernisse der Nacht!

Rivière dachte, daß ein Inspektor ins Büro gehörte in einer Nacht, in der man auf Wache war.

»Lassen Sie mir Robineau holen.«

Robineau war gerade dabei, sich einen Piloten zum Freund zu machen. Er hatte im Hotel seinen Koffer vor ihm ausgepackt; die kleinen Alltäglichkeiten kamen zum Vorschein, die auch einen Inspektor zu einem Menschen wie andere machen: ein paar geschmacklose Hemden, ein Necessaire, dann die Photographie einer mageren Frau, die er an die Wand heftete. Stummes, demütiges Bekenntnis seiner kümmerlichen Intimitäten, dieses Auspacken vor Pellerin. Indem er seine Schätze so unordentlich vor ihm ausbreitete, bot er sein ganzes Elend zur Schau. Einen seelischen Aussatz. Er zeigte sein Gefängnis.

Aber auch für Robineau gab es, wie für alle Menschen, einen kleinen Lichtblick. Mit behutsamer Wonne hatte er aus dem untersten Grunde seines Koffers ein mit peinlicher Sorgfalt eingewickeltes Säckchen hervorgeholt. Geraume Zeit hatte er es wortlos getätschelt. Dann, endlich die Finger lösend:

»Das hab' ich aus der Sahara mitgebracht...«

Er war selber errötet darüber, daß er es übers Herz brachte, dieses Geheimnis jemandem anzuvertrauen. In all seinem Verdruß und seinem ehelichen Mißgeschick und dieser ganzen grauen Wirklichkeit fand er Trost bei ein paar kleinen schwärzlichen Kieseln, die ihm eine Pforte zum Geheimnis öffneten.

Noch etwas tiefer errötend:

»Man findet die gleichen in Brasilien...«

Er hatte sich dann über Atlantis verbreitet, und Pellerin hatte ihm auf die Schulter geklopft und, ebenfalls ganz verlegen, gefragt:

»Sie lieben die Geologie?«

»Sie ist meine Leidenschaft.«

Das einzige, das ihm hold gewesen war im Leben, waren die Steine.

Als man ihn abrief, wurde Robineau traurig, aber er fand in seine Würde zurück.

»Ich muß Sie verlassen; Herr Rivière braucht mich zu einigen wichtigen Entscheidungen.«

Als Robineau in das Büro eintrat, hatte Rivière ihn vergessen. Er stand in Gedanken vertieft vor einer Wandkarte, auf der das Flugnetz der Gesellschaft rot eingezeichnet war. Der Inspektor erwartete seine Befehle. Nach langen Minuten fragte ihn Rivière, ohne den Kopf zu wenden:

»Was denken Sie über diese Karte, Robineau?«

Er stellte manchmal, wie aus einem Traum auftauchend, solche Rätselfragen.

»Diese Karte, Herr Direktor...«

Der Inspektor dachte, um die Wahrheit zu sagen, gar nichts über diese Karte; aber er heftete mit strenger Miene seinen Blick darauf und faßte ganz Europa und Amerika inspizierend ins Auge. Aber Rivière war schon wieder in seine stummen Betrachtungen versunken. ›Ein grausames Ding, dieses schöne rote Netz. Es hat uns viele Menschen gekostet, junge Menschen. Was einmal aufgebaut ist, hat seine Gültigkeit und Macht. Aber wieviel Fragen und Zweifel stekken dahinter.‹ Gleichwohl stand für Rivière das Ziel über allem.

Robineau, neben ihm stehend, den Blick immer starr auf die Karte gerichtet, raffte sich nach und nach wieder innerlich zusammen. Von Rivière hatte er kein Mitgefühl zu erwarten.

Er hatte einmal einen schüchternen Ansatz

gemacht, ihm sein lächerliches Leiden zu beichten, das ihm das Leben vergällte, und Rivière hatte ihm scherzhaft erwidert: »Wenn Ihnen das den Schlaf raubt, fördert es nur Ihre Aktivität.«
Das war nur halb im Scherz gesagt. Rivière pflegte zu behaupten: ›Wenn ein Musiker in schlaflosen Nächten etwas Schönes komponiert, dann ist auch die Schlaflosigkeit etwas Schönes.‹ Einmal hatte er auf Leroux gedeutet: ›Schauen Sie, wie schön das ist, diese Häßlichkeit, die alle Liebe ausschaltet...‹ Alles, was tüchtig war an Leroux, verdankte er vielleicht diesem Mißgeschick, das sein Leben ganz auf seinen Beruf beschränkt hatte.
»Sie sind sehr befreundet mit Pellerin?«
»Ooh...«
»Ich mache Ihnen keinen Vorwurf daraus.«
Rivière drehte sich um und begann langsam und mit gesenktem Kopf auf und ab zu gehen, Robineau hinterdrein. Ein trauriges Lächeln kam ihm auf die Lippen, das Robineau nicht zu deuten wußte.
»Nur... nur sind Sie der Vorgesetzte.«
»Ja«, sagte Robineau.
Jede Nacht, dachte Rivière, schürzte sich da droben am Himmel eine dramatische Handlung. Ein Wanken des Willens konnte eine Niederlage zur Folge haben, es galt, jedesmal auf

schwere Kämpfe gefaßt zu sein, bis der Tag kam.

»Sie dürfen nicht aus der Rolle fallen.«

Rivière wog seine Worte:

»Sie werden vielleicht diesem Piloten schon in der nächsten Nacht einen gefährlichen Start befehlen: er wird zu gehorchen haben.«

»Ja...«

»Sie verfügen unter Umständen über das Leben von Menschen, und von Menschen, die mehr wert sind als Sie...«

Er schien zu zögern.

»Das ist eine ernste Sache.«

Rivière, immer noch langsam auf und ab gehend, schwieg einige Sekunden.

»Wenn sie Ihnen aus Freundschaft gehorchen, dann täuschen Sie sie; *Sie* haben kein Anrecht auf irgendein Opfer.«

»Nein... sicher nicht.«

»Und wenn Sie glauben, daß Ihre Freundschaft ihnen gewisse unangenehme Aufgaben ersparen wird, so ist das ebenfalls eine Täuschung: sie werden einfach zu gehorchen haben. Setzen Sie sich hier hin.«

Rivière schob Robineau mit sanfter Hand an seinen Schreibtisch.

»Ich werde Sie wieder an Ihren richtigen Platz stellen, Robineau. Wenn Ihnen schlapp zumute ist, so ist es nicht Sache der Leute, Sie zu stützen. Sie sind der Vorgesetzte. Ihre Schwäche ist lächerlich. Schreiben Sie.«

»Ich…«

»Schreiben Sie: ›Der Inspektor Robineau diktiert dem Flugzeugführer Pellerin die und die Strafe zu aus dem und dem Grunde…‹ Sie werden irgendeinen Grund finden.«

»Herr Direktor!«

»Tun Sie, als ob Sie verstünden, Robineau. Lieben Sie die, über die Sie befehlen; aber ohne es ihnen zu sagen.«

Robineau schwor sich, wieder mit Eifer hinter allen verrosteten Propellernaben her zu sein.

Ein Notlandeplatz teilte durch Funkspruch mit: ›Flugzeug in Sicht. Flugzeug meldet: Drehzahl fällt, werden landen.‹

Das kostete sicher eine halbe Stunde. Rivière kannte die Ungeduld, wie wenn der Schnellzug auf offener Strecke hält und plötzlich die Minuten keine vorbeisausenden Felder mehr liefern. Der große Zeiger der Wanduhr beschrieb jetzt einen toten Sektor: was hätte nicht alles Raum finden können an Geschehen in dieser Lücke. Rivière ging hinaus, um sich die Zeit zu verkürzen, aber die Nacht erschien ihm leer wie ein Theater ohne Schauspieler. ›Eine solche Nacht zu verlieren!‹ Er schaute grimmig durchs Fenster zu dieser sternfunkelnden Klarheit hinauf, diesen himmlischen Landelichtern, diesem Mond, diesem vergeudeten Gold einer solchen Nacht.

Aber sobald das Flugzeug wieder startete, war für Rivière die Nacht von neuem beglückend und schön. Sie trug das Leben in ihren Flanken. Und er wachte darüber:
»Was für Wetter haben Sie?« ließ er die Besatzung fragen.
Zehn Sekunden vergingen:
»Sehr schön.«
Dann kamen Namen überflogener Städte – für Rivière gefallene Festungen in diesem Kampf.

VII

Eine Stunde später fühlte sich der Funker des Patagonienkuriers plötzlich sanft emporgehoben wie von einer Schulter. Er blickte um sich: schwere Wolken löschten die Sterne aus. Er beugte sich zur Erde hinunter; er suchte die Lichter der Dörfer: Glühwürmchen im Grase; aber nichts glitzerte aus schwarzer Flur herauf.

Mißmut stieg in ihm auf, er ahnte eine mühselige Nacht: Flug, Rückflug, gewonnenes Gelände, das man wieder aufgeben muß. Er begriff die Taktik des Piloten nicht; es schien ihm, daß man über kurz oder lang gegen die undurchdringliche Nacht prallen würde wie gegen eine Mauer. Jetzt gewahrte er geradeaus ein unmerkliches Aufleuchten in Höhe des Horizonts, wie Schein von einem Schmiedefeuer. Er tippte Fabien auf die Schulter, aber der rührte sich nicht.

Die ersten Ausläufer des fernen Gewitters griffen das Flugzeug an. Sacht emporgehoben, drängten die Metallmassen gegen den Körper des Funkers, schienen dann zu schwinden, zu schmelzen, so daß er sekundenlang das Gefühl hatte, als schwebte er allein in der Luft. Und er

klammerte sich mit beiden Händen an die Stahlholme.
Als nichts mehr zu sehen war von der Welt als der rote Lichtschein da vorn, überliefen ihn Schauer bei der Vorstellung, hier hinabtauchen zu müssen mitten in die Finsternis, hilflos, nur im Schutz dieser winzigen Grubenlampe. Er wagte nicht den Piloten zu stören mit Fragen, was er zu tun gedächte, und die Hände um den Stahl krampfend, blickte er, vornübergebeugt, auf den dunklen Nacken vor ihm.

Ein Kopf und zwei unbewegliche Schultern waren das einzige, was sich gegen den schwachen Lichtschein abhob. Dieser Körper war nur eine dunkle Masse, ein wenig nach links geneigt, das Gesicht dem Gewitter zugewandt, sicherlich von jedem Aufleuchten gebadet. Aber er sah nichts von diesem Gesicht. Alles, was sich darin dem Sturm entgegenspannte: Trotz, Entschlossenheit, Zorn – alles, was sich in stummer Zwiesprache abspielte zwischen diesem bleichen Gesicht und dem zuckenden Leuchten da vorn, blieb ihm verborgen.
Dennoch ahnte er die gesammelte Kraft in der Unbeweglichkeit dieses Schattens und liebte sie. Sie trug ihn zweifellos dem Unwetter entgegen, aber sie schützte ihn auch. Diese Hände, um das Steuer geschlossen, griffen dem Sturm

wohl schon in den Nacken, wie einem Tier, aber die kraftvollen Schultern blieben reglos, und man spürte dort eine geballte Energie.

Schließlich, dachte er, ist der Pilot verantwortlich, und gab sich, da er nun doch einmal im Sattel saß bei diesem wilden Ritt gegen die Feuersbrunst, ganz dem Gefühl der Wucht und Verläßlichkeit hin, das von dieser Schattengestalt vor ihm ausging. Linker Hand, schwach wie der Widerschein eines Leuchtturms, glomm ein neuer Feuerherd auf.

Der Funker wollte schon die Hand heben, um dem Piloten auf die Schulter zu tippen, ihn aufmerksam zu machen; aber da sah er, wie Fabien langsam den Kopf drehte, das Gesicht ein paar Sekunden lang dem neuen Feind zugekehrt hielt und dann langsam wieder seine vorige Stellung einnahm. Die Schultern regungslos, den Nacken gegen das Leder gelehnt.

VIII

Rivière war ins Freie gegangen, um sich etwas Bewegung zu machen und das Unbehagen zu vertreiben, das ihn wieder beschlich. Er, der immer nur der Aktion gelebt hatte, einer dramatischen Aktion, wurde das wunderliche Gefühl nicht los, als wechselte die Szene jetzt ins Persönliche. Die Kleinbürger, die ihr scheinbar so friedliches Dasein um ihren Musikpavillon spazierenführten – war nicht auch ihr Leben manchmal schwer von Dramen: Krankheit, Liebe, Trauer? Und vielleicht … Oh, das eigene Leid lehrte ihn allerhand: ›Das öffnet gewisse Fenster‹, dachte er.

Dann, gegen elf Uhr abends, machte er sich, wieder freier atmend, auf den Rückweg zum Büro. Er teilte langsam, mit den Schultern, die Menge, die sich vor dem Eingang der Kinos staute. Er hob die Augen zu den Sternen, die über den engen Straßen glänzten, fast völlig überstrahlt von den Lichtreklamen, und dachte: ›Heute abend, mit meinen zwei Kurieren unterwegs, bin ich verantwortlich für einen ganzen Himmel. Der Stern da ist ein Zeichen für mich, das mich hier in der Menge sucht und findet: das ist der Grund, weshalb ich mich ein wenig fremd fühle, ein wenig einsam.‹

Ein paar Töne Musik kamen ihm in den Sinn: eine Stelle aus einer Sonate, die er gestern mit Freunden zusammen gehört hatte. Die Freunde hatten sich verständnislos gezeigt: »Diese Art Kunst langweilt uns und langweilt Sie; Sie geben es nur nicht zu.«

»Vielleicht…«, hatte er erwidert.

Er hatte sich einsam gefühlt, wie heute abend, hatte jedoch sehr bald den Reichtum solcher Einsamkeit entdeckt. Ihm, ihm allein unter all den Mittelmäßigen kam die Botschaft dieser Musik mit der Süße eines Geheimnisses. So auch das Zeichen des Sterns. Man sprach zu ihm, über so viele Schultern hinweg, eine Sprache, die er allein vernahm.

Auf dem Bürgersteig stieß man ihn an; er dachte: ›Ich werde mich nicht ärgern. Ich bin wie ein Vater, der ein krankes Kind daheim hat und still durch die Menge geht. Er trägt die tiefe Stille seines Hauses in sich.‹

Er hob den Blick zu den Menschen. Er versuchte diejenigen unter ihnen zu erkennen, die ihre Erfindung oder ihre Liebe still hier spazierenführten, und die Abgeschiedenheit der Leuchtturmwächter kam ihm in den Sinn.

Die Stille der Büros tat ihm wohl. Er durchschritt sie langsam, eines nach dem andern, und sein Schritt hallte einsam wider. Die Schreibmaschinen schliefen unter den Hauben. Die großen Wandschränke mit den wohlgeordneten Aktenstößen waren geschlossen. Zehn Jahre Erfahrung und Arbeit. Der Gedanke kam ihm, er ginge hier durch die Keller einer Bank, wo die Reichtümer ruhen. Aber in jedem dieser Schränke häufte sich etwas Besseres als Gold: eine lebendige Kraft. Eine lebendige Kraft, jetzt schlummernd, wie das Gold in den Banken.

Irgendwo würde er jetzt den einzigen Schreiber vom Nachtdienst antreffen. Ein Mensch arbeitete irgendwo, auf daß das Leben weitergehe, der Wille nicht unterbrochen werde und so von Station zu Station, von Toulouse bis Buenos Aires, die Kette niemals abreiße. ›Und dieser Mensch weiß nichts von seiner Größe.‹

Irgendwo kämpften jetzt die beiden Flugzeuge. Der Nachtflug zog sich hin wie eine Krankheit; man mußte Nachtwache halten. Man mußte diesen Menschen beistehen, die da mit Händen und Füßen, Brust gegen Brust, mit der Finsternis rangen und nichts mehr kannten, nichts als ein wankendes, wechselndes, unsichtbares Etwas, aus dem man sich kraft seiner blinden Arme herausziehen mußte wie aus einem Meer. Welche erschütternden Berichte manchmal: »Ich habe meine Hände beleuchtet, um sie zu sehen...« Samtene Hände, herausentwickelt aus dem Schwarz in rotem Dunkelkammerlicht. Das einzige, was blieb von der Welt und was man retten mußte.

Rivière öffnete die Tür zum Betriebsbüro. Eine einzige Lampe warf in einer Ecke einen Lichtkegel. Das Klicken einer einzigen Schreibmaschine gab dieser Stille einen Sinn, ohne sie auszufüllen. Von Zeit zu Zeit läutete das Telephon; dann erhob sich der Schreiber vom Dienst und ging zu diesem wiederholten, hartnäckigen, trostlosen Ruf. Er nahm den Hörer ab, und die unsichtbare Bedrohung schwand: ein ruhiges Gespräch klang halblaut aus dem Schatten. Dann kam der Mann gleichgültig an seinen Schreibtisch zurück, das Gesicht verschlossen von Einsamkeit und Müdigkeit, über einem nicht zu lüftenden Geheimnis. Welche Drohung birgt ein Anruf aus der Nacht da draußen, wenn zwei Kuriere unterwegs sind. Rivière dachte an die Telegramme, die in den Kreis der Familie unterm abendlichen Schein der Lampe dringen, dann an das Unheil, das ein paar endlose Sekunden lang noch Geheimnis im Gesicht des Vaters bleibt. Kraftlose Welle vorerst noch, so still, so fern vom ersten Schrei. Und jedesmal hörte er sein schwaches Echo in diesem einsamen Aufschrillen. Und jedesmal, wenn der

Mann da langsam aus dem Schatten wieder in seinen Lampenschein hervorkam wie ein Taucher, schienen ihm seine Bewegungen schwer von geheimem Wissen.
»Bleiben Sie. Ich gehe.«
Rivière hob den Hörer ab, vernahm das leise Brausen der Welt.
»Hier Rivière.«
Schwaches Getöse, dann eine Stimme:
»Ich gebe Ihnen die Funkstation.«
Wieder Leitungsgeräusch, dann eine andere Stimme:
»Hier Funkstation. Wir geben Ihnen die Telegramme.«
Rivière notierte sie, nickte:
»Gut... Gut...«
Nichts von Bedeutung. Die üblichen Nachrichten. Rio de Janeiro verlangte eine Auskunft, Montevideo gab Wetterberichte, Mendoza brauchte Material. Die vertrauten Klänge des Hauses.
»Und die Kuriere?«
»Das Wetter ist gewittrig. Wir können die Flugzeuge nicht hören.«
»Gut.«
Rivière dachte, daß die Nacht hier so sternklar war, aber die Funker spürten darin schon den Hauch ferner Gewitter.
»Ich komme dann wieder.«

Rivière erhob sich. Der Schreiber trat an ihn heran.

»Die Dienstanweisungen zur Unterschrift, Herr Direktor...«

»Gut.«

Rivière überraschte sich bei einem warmen, freundschaftlichen Gefühl für diesen Mann, den auch die Last der Nacht drückte. ›Ein Kampfgefährte‹, dachte er. ›Er wird sicher nie ahnen, wie sehr uns diese Nachtwache verbindet.‹

IX

Als Rivière, einen Stoß Akten im Arm, in sein Privatbüro zurückkam, spürte er plötzlich wieder den heftigen Schmerz in der rechten Seite, der ihn schon seit einigen Wochen quälte.

›Das geht nicht...‹

Er lehnte sich einen Augenblick an die Wand:

›Lächerlich.‹

Dann gelang es ihm, zu seinem Sessel zu kommen. Er kam sich, wie jetzt öfters schon, wie ein gelähmter alter Löwe vor, und eine große Traurigkeit befiel ihn.

›So viel Mühsal, und *das* das Ende! Ich bin jetzt fünfzig Jahre; fünfzig Jahre lang hab' ich mein Leben ausgefüllt, hab' an mir gearbeitet, habe gekämpft, habe den Gang der Entwicklung beeinflußt, und jetzt *das* ... jetzt beschäftigt mich *das*, füllt mich *das* aus, macht mir alles andere nichtig... das ist doch lächerlich.‹

Er wartete eine Weile, trocknete sich einige Schweißtropfen ab und machte sich, als er sich wieder leichter fühlte, an die Arbeit.

Er sah langsam die Schriftstücke durch.

›Wir haben in Buenos Aires beim Abmontieren des Motors 301 festgestellt... Der Schuldige wird streng bestraft werden.‹

Er unterzeichnete.

›Da die Station Florianopolis die Anweisungen nicht befolgt hat…‹

Er unterzeichnete.

›Der Flugplatzleiter Richard wird disziplinarisch versetzt, weil er…‹

Er unterzeichnete.

Der Schmerz in der Seite, der sich zwar gelindert hatte, aber immer noch da war wie ein neuer Lebensinhalt, zwang seine Gedanken wieder auf sein eigenes Ich; er wurde fast bitter.

›Bin ich gerecht oder ungerecht? Ich weiß es nicht. Wenn ich strafe, gibt es weniger Pannen. Der eigentlich Schuldige ist nicht der Mensch, sondern eine dunkle Macht, die man nicht trifft, wenn man nicht alle trifft. Wenn ich ganz gerecht wäre, wäre jeder Nachtflug jedesmal eine Sache auf Leben und Tod.‹

Eine gewisse Müdigkeit überkam ihn angesichts dieses Weges, den er so unbarmherzig vorgezeichnet hatte. Mitleid ist gut, dachte er. Dabei blätterte er, in Gedanken versunken, ein Schriftstück nach dem andern um.

›… was Roblet anbelangt, so gehört er von heute ab nicht mehr zu unserem Personal.‹

Der alte Biedermann tauchte wieder vor ihm auf und sein Gespräch mit ihm von heute abend:

»Ein Exempel, mein Lieber, ein Exempel.«

»Aber Herr ... aber Herr Direktor ... Einmal, ein einziges Mal, denken Sie doch!, und ich hab' mein ganzes Leben lang gearbeitet.«
»Es muß ein Exempel statuiert werden.«
»Aber Herr Direktor! ... Schauen Sie, Herr Direktor, hier...!«
Dann die abgegriffene Brieftasche und der alte Zeitungsausschnitt, auf dem Roblet als junger Mann zu sehen war, neben einem Flugzeug postiert.
Rivière sah die alten Hände zittern, wie sie das kindliche Ruhmesblatt hinhielten.
»Das ist vom Jahre 1910, Herr Direktor ... das bin *ich* hier, da hab' ich die Montage gemacht hier von dem ersten Flugzeug in Argentinien! Seit 1910 bei der Fliegerei, Herr Direktor ... das sind zwanzig Jahre! Wie können Sie da sagen... Und die Grünschnäbel, Herr Direktor, wie die lachen werden in der Werkstatt! ... Ach, *die* werden lachen!«
»Das ist mir gleichgültig.«
»Und meine Kinder, Herr Direktor, ich habe Kinder!«
»Ich habe Ihnen gesagt: ich biete Ihnen eine Stelle als Hilfsarbeiter an.«
»Meine Würde, Herr Direktor, meine Würde! Denken Sie doch, Herr Direktor, zwanzig Jahre bei der Fliegerei, ein alter Handwerker wie ich...«

»Als Hilfsarbeiter.«

»Das lehn' ich ab, Herr Direktor, das lehn' ich ab!«

Und die alten Hände zitterten, und Rivière wandte die Augen weg von dieser verrunzelten, dicken, rührenden Haut.

»Als Hilfsarbeiter.«

»Nein, Herr Direktor, nein ... ich will Ihnen noch sagen ...«

»Sie können gehen.«

Rivière dachte: ›Das gilt nicht ihm, daß ich ihn so brutal entlasse, sondern dem Übel, für das er vielleicht nicht verantwortlich ist, aber das sich durch ihn eingeschlichen hat.‹

›Wenn man den Ereignissen befiehlt, dachte Rivière, ›dann gehorchen sie, und man erschafft. Und die Menschen sind arme Dinge, und man erschafft auch sie. Oder man jagt sie davon, wenn durch sie das Übel sich einschleicht.‹

»Ich will Ihnen noch sagen ...« Was hatte er noch sagen wollen, der arme Alte? Daß man ihm die Freuden seines Alters nehme? Daß er den Klang der Werkzeuge auf dem Stahl der Flugzeuge liebe, daß man sein Leben einer großen Poesie beraube? Ja, und ... daß man doch *leben* müsse?

›Ich bin sehr müde‹, dachte Rivière. Das Fieber stieg in ihm, wohlig erschlaffend. Er tippte mit dem Finger auf das Blatt und dachte: ›Ich hatte das Gesicht von dem alten Kameraden sehr gern...‹ Und er sah wieder diese Hände vor sich. Er malte sich die kleine, dankbare Bewegung aus, die sie machen würden, wie um sich zu falten. Man würde nur zu sagen brauchen: ›Also gut, gut, bleiben Sie.‹ Die Freude, die durch diese alten Hände rieseln würde. Und diese Freude, die – nicht aus dem Gesicht – aber aus diesen alten Handwerkerhänden sprechen würde, erschien ihm das Schönste auf der Welt. ›Soll ich das Papier zerreißen?‹ Und die Familie des Alten, die Heimkehr am Abend, der bescheidene Stolz:

›Also sie behalten dich?‹

›Na ja! Freilich! *Ich* hab' doch das erste Flugzeug in Argentinien montiert!‹

Und die ›Grünschnäbel‹, die nicht mehr lachen würden, jetzt, wo der Alte sich seine Würde wiedererobert hatte...

›Soll ich es zerreißen?‹

Das Telephon läutete: Rivière nahm den Hörer ab.

Eine lange Weile, dann der Klang, die Tiefe, die Wind und Raum der menschlichen Stimme verleihen. Endlich sprach man:

»Hier Flugplatz. Wer dort?«

»Rivière.«

»Herr Direktor, 650 ist auf der Startbahn.«

»Gut.«

»Alles bereit jetzt, aber wir mußten im letzten Augenblick das elektrische Netz reparieren, die Verbindungen waren defekt.«

»Gut. Wer hat die Anlage montiert?«

»Das werden wir feststellen. Mit Ihrer Erlaubnis werden wir den Betreffenden bestrafen: eine Lichtpanne an Bord, das könnte schlimm werden!«

»Allerdings.«

Rivière dachte: ›Wenn man das Übel nicht ausreißt, wo man es antrifft, gibt es Pannen: es wäre ein Verbrechen, es durchgehen zu lassen, wenn man ihm zufällig mal auf die Spur kommt: Roblet geht.‹

Der Schreiber, der nichts gesehen hat, tippt immer noch an seiner Maschine.

»Was ist das?«

»Die Halbmonatsabrechnung.«

»Warum ist sie noch nicht fertig?«

»Ich...«

»Werden wir ja sehen.«

›Seltsam, wie das Ungewollte immer wieder die Oberhand gewinnt, wie sich eine große verborgene Macht enthüllt, dieselbe, die die Urwälder hochtreibt und die um alle großen Werke wuchert, drängt und quillt.‹ Rivière mußte an jene Tempel denken, die von unscheinbaren Schlingpflanzen gestürzt werden.

›Ein großes Werk...‹

›Ich habe‹, wiederholte er sich, um sich zu beschwichtigen, ›alle diese Menschen lieb. Ich bekämpfe nicht sie. Sondern das, was sich durch sie einschleicht...‹

Sein Herz klopfte in schnellen Schlägen, die ihn quälten.

›Ich weiß nicht, ob das, was ich getan habe, gut ist. Ich weiß nichts Genaues über den Wert des menschlichen Lebens oder über den Wert der Gerechtigkeit oder über den des Kummers. Ich weiß auch nicht, was die Freude eines Menschen wert ist. Oder eine Hand, die zittert. Oder Mitleid, oder Güte...‹

Er träumte:

›Das Leben ist so voller Widersprüche, man setzt sich mit ihm auseinander, so gut man kann... Aber fortdauern, schöpferisch wirken, seinen vergänglichen Körper austauschen gegen Bleibendes...‹

Rivière besann sich, dann läutete er.

»Rufen Sie den Piloten des Europakuriers an. Er soll sich vor dem Start bei mir melden.«

Er dachte:

›Der Mann darf mir nicht ohne Not umkehren. Wenn ich meine Leute nicht zurechtrüttle, lassen sie sich nervös machen durch die Nacht.‹

X

Die Frau des Piloten, durch das Telephon aufgeweckt, betrachtete ihren Mann und dachte:

›Ich laß ihn noch ein bißchen schlafen.‹

Sie bewunderte diese nackte, gewölbte Brust, sie mußte an ein schönes Schiff denken.

Er lag hier im Bett geborgen wie in einem Hafen, und damit nichts seinen Schlummer störe, strich sie da und dort eine Falte fort, einen Schatten, eine Woge; sie glättete dieses Bett wie eine göttliche Hand das Meer.

Sie erhob sich, öffnete das Fenster, ließ sich den Wind ins Gesicht wehen. Von diesem Zimmer überblickte man Buenos Aires. Aus einem Nachbarhaus, wo getanzt wurde, drang Musik, die der Wind hertrug, denn es war die Stunde des Vergnügens und der Ruhe. Diese Stadt hielt die Menschen in ihren hunderttausend Kasematten geborgen; alles war ruhig und sicher; aber es schien dieser jungen Frau, als ob sogleich der Ruf ertönen würde: ›Zu den Waffen!‹, und nur ein einziger Mann, der ihrige, sich erheben würde. Noch lag er ruhig, aber es war die bedrohte Ruhe der Reserven, die gleich in die Schlacht müssen. Die schlafende Stadt beschützte ihn nicht davor: ihre Lichter würden ihm bald nichts mehr bedeuten, wenn er sich wie ein junger Gott darüber erhob. Sie betrachtete seine kräftigen Arme, die in einer Stunde das Schicksal des Europakuriers zu tragen haben würden, verantwortlich für etwas Großes, etwas wie das Schicksal einer ganzen Stadt. Sie sträubte sich dagegen. Dieser Einzige inmitten Millionen war zu diesem seltsamen Opfer ausersehen. Zu ihrem Leidwesen. Er entglitt auch ihrer Fürsorge. Sie hatte ihn gespeist, bewacht, geliebkost, nicht für sich selbst, sondern für die Nacht da draußen, die ihn ihr gleich nehmen würde. Für Kämpfe, Ängste, Siege, von denen sie nichts wußte. Diese zärtlichen Hände waren hier nur für eine Weile gezähmt, ihre wahre Aufgabe lag da draußen, fern von ihr. Sie kannte das Lächeln dieses Mannes, seine liebevolle Behutsamkeit, aber nicht seinen göttlichen Zorn in Sturm und Wetter. Sie umschlang ihn mit zarten Banden: mit Liebe, mit Musik, mit Blumen; aber jedesmal in der Stunde des Aufbruchs fielen diese Bande von ihm ab, ohne daß es ihm leid darum schien.

Er schlug die Augen auf.

»Wie spät ist es?«

»Mitternacht.«

»Was für ein Wetter?«

»Ich weiß nicht...«

Er stand auf, kam langsam, sich reckend, an das Fenster.

»Sehr kalt wird es nicht sein. Wo kommt der Wind her?«

»Wie soll ich das wissen...«

Er beugte sich hinaus:

»Süden. Sehr gut. Das hält mindestens bis Brasilien vor.«

Er schaute befriedigt nach dem Mond. Alles prächtig. Dann senkte er den Blick auf die Stadt.

Er dachte nicht an ihre erleuchtete Geborgenheit und Wärme. Er sah schon den Flugsand ihrer Lichter unter sich verstieben.

»Woran denkst du?«

Er dachte an den Nebel, der möglicherweise von Porto Alegre her aufkommen würde.

›Aber ich habe meine Taktik. Ich weiß, wo ich durchkommen kann.‹

Er stand immer noch hinausgebeugt. Er holte tief Atem, wie ein Schwimmer, ehe er sich nackt ins Meer stürzt.

»Du bist nicht mal traurig. Wie viele Tage bleibst du weg?«

Acht, zehn Tage. Er wußte es nicht. Traurig, nein; warum? Diese Ebenen, diese Städte, diese Gebirge... man zog aus, frei, sie zu erobern. Und in kaum einer Stunde würde er Buenos

Aires unter sich lassen, wie etwas, das einem gehört und das man wegwirft.
Er lächelte:
»Die Stadt ... von der bin ich schnell weg. Schön, in der Nacht zu starten. Man gibt Gas, Nase nach Süden, und zehn Sekunden später hat man die ganze Landschaft umgedreht, Nase nach Norden. Die ganze Stadt ist nur noch ein Meeresgrund.«
Sie dachte an all das, was man aufgeben muß, um zu erobern.
»Liebst du dein Heim nicht?«
»Ich liebe mein Heim...«
Aber sie fühlte, daß er schon unterwegs war. Die breiten Schultern stemmten sich schon gegen den Himmel.
Sie deutete hinauf.
»Du hast schönes Wetter, dein Weg ist mit Sternen besät.«
Er lachte:
»Ja.«
Sie legte die Hand auf seine Schulter und fühlte sich flau: dieser warme Leib war also nun gefährdet?
»Du bist sehr stark, aber sei vorsichtig!«
»Vorsichtig, natürlich...«
Er lachte abermals.
Er zog sich an. Für das bevorstehende Fest suchte er sich die rauhesten Stoffe aus, das

schwerste Leder, er zog sich an wie ein Bauer. Je schwerer er wurde, desto mehr bewunderte sie ihn. Sie selber hakte ihm den Gürtel zu, zog ihm die Stiefel an.

»Die Stiefel drücken mich.«

»Hier sind die andern.«

»Such mir eine Schnur für meine Notlampe.«

Sie besichtigte ihn, half nach, wo es noch fehlte an der Rüstung: alles saß gut.

»Du siehst sehr gut aus.«

Sie sah, wie er sich sorgfältig kämmte.

»Tust du das für die Sterne?«

»Nur, um mich nicht alt zu fühlen.«

»Ich bin eifersüchtig...«

Er lachte wieder, küßte sie und drückte sie an seine Lederbrust. Dann hob er sie auf wie ein kleines Mädchen und trug sie, immer noch lachend, ins Bett.

»Schlaf!«

Dann schloß er die Haustür hinter sich, trat unter das unkenntliche Nachtvolk hinaus, der erste Schritt seiner Eroberung.

Sie blieb allein zurück. Sie betrachtete traurig die Blumen, die Bücher, all die Behaglichkeit, die für ihn nur noch ein Meeresgrund waren.

XI

Rivière empfängt ihn:
»Sie haben mir da einen Unfug gemacht bei Ihrem letzten Flug. Sie haben umgedreht, obwohl die Wetterberichte gut waren: Sie hätten weiterfliegen können. Haben Sie Angst gehabt?«
Der Pilot schweigt verdutzt. Er reibt sich langsam die Hände. Dann hebt er den Kopf und schaut Rivière in die Augen:
»Jawohl.«
Rivière fühlt im Grunde seines Herzens Mitleid mit diesem so tapferen Burschen, der Angst gehabt hat. Der Pilot versucht sich zu rechtfertigen.
»Ich konnte nichts mehr sehen. Gewiß, weiter voraus ... vielleicht ... die Funkstation meinte... Aber mein Bordlicht hat nachgelassen, und ich konnte nicht einmal mehr meine Hände sehen. Ich wollte mein Außenlicht andrehen, um wenigstens die Flügel zu sehen: ich sah nichts. Ich kam mir vor wie in einem tiefen Loch, aus dem man schwer raufkonnte. Dann fing mein Motor an zu vibrieren...«
»Nein.«
»Nein?«

»Nein. Wir haben ihn inzwischen überprüft. Er ist tadellos. Aber man meint immer, der Motor vibriert, wenn man Angst hat.«

»Wer hätte da nicht Angst gehabt! Das Gebirge war über mir. Wenn ich höher wollte, kam ich in starke Böen. Wissen Sie, wenn man nichts sieht ... die Böen ... Anstatt zu steigen, verlor ich hundert Meter. Ich konnte nicht mal mehr den künstlichen Horizont sehen und auch nicht die Manometer. Ich hatte das Gefühl, daß mein Motor an Drehzahl verlor, daß er heiß lief, daß der Öldruck fiel... Und das alles im Stockdunkeln... Ich war heilfroh, als ich wieder eine erleuchtete Stadt sah.«

»Sie haben zuviel Einbildungskraft. Gehen Sie.«

Und der Pilot geht.

Rivière lehnt sich in den Sessel zurück und fährt sich mit der Hand durch das graue Haar.

»Das ist der tapferste von meinen Leuten. Daß er heil davongekommen ist in der Nacht neulich, ist eine Leistung. Aber ich schütze ihn vor der Angst...‹

Dann, als ihn von neuem eine weichere Regung anwandelte:

›Um geliebt zu werden, braucht man nur zu bemitleiden. Ich bemitleide so gut wie nie, oder ich verberge es. Dabei möchte ich mich wohl auch mit Freundschaft und Mitgefühl umgeben. Einem Arzt ist das vergönnt in seinem Beruf. Aber ich diene einer Sache. Ich muß die Menschen zurechtschmieden, damit auch sie ihr dienen. Ich fühle es deutlich, abends in meinem Büro vor den Flugberichten, dieses verborgene Gesetz: wenn ich mich gehenlasse, wenn ich den auch noch so geregelten Dingen ihren Lauf lasse, dann kommen gleich die mysteriösen Zwischenfälle. Als würde mein Wille allein das Flugzeug daran hindern, unterwegs Schaden zu nehmen, oder den Sturm, ihm in die Quere zu kommen. Manchmal bin ich selbst über meinen Einfluß betroffen.‹

Er sinnt weiter:

›Das ist vielleicht ganz einfach. So wie der ewige Kampf des Gärtners um seinen Rasen. Kraft seiner bloßen Hand treibt er den Urwald in die Erde zurück, die jeden Augenblick bereit wäre, ihn emporwuchern zu lassen.‹

Er denkt an den Piloten:

›Ich schütze ihn vor der Angst. Mein Angriff galt nicht ihm, sondern dem Widerstreben in ihm, das die Menschen angesichts des Unbekannten lähmt. Wenn ich ihn anhöre, ihn bemitleide, sein Erlebnis wichtig nehme, so wird er meinen, er käme aus wunder was für einem geheimnisvollen Abenteuer zurück; und Angst hat man nur vor dem Geheimnisvollen. Die Menschen müssen hinuntergestiegen sein in diesen dunklen Brunnen, und wenn man sie fragt, was ihnen begegnet ist, so müssen sie sagen können: nichts. Dieser Mann muß hinab ins innerste Herz der Nacht, wo sie am dichtesten ist, selbst ohne die kleine Grubenlampe, die zwar nur die Hände oder die Flügel bescheint, aber das Unbekannte um eine Schulterbreite wegdrängt.‹

Gleichwohl verband im innersten Grunde eine schweigende Freundschaft Rivière und seine Piloten in diesem Kampf. Sie waren Menschen vom gleichen Schlag, alle beseelt vom gleichen Siegeswillen. Aber Rivière weiß sich anderer Schlachten zu erinnern, die er geschlagen hat um die Eroberung der Nacht.
Man scheute in den offiziellen Kreisen vor diesem dunklen Bereich zurück wie vor einem unerforschten Dickicht. Eine Mannschaft mit zweihundert Kilometern in der Stunde gegen Gewitter und Nebel und sonstige Hindernisse auszusenden, die die Nacht verborgen hielt, schien ihnen ein Abenteuer, das allenfalls bei der militärischen Fliegerei tragbar war: man verläßt bei klarer Nacht einen Flugplatz, man wirft seine Bomben ab, man kehrt zu demselben Flugplatz zurück. Aber ein regelmäßiger Verkehrsdienst bei Nacht war zum Scheitern verurteilt. ›Das ist für uns‹, hatte Rivière erwidert, ›eine Existenzfrage, weil wir den Vorsprung,

den wir tagsüber vor den Eisenbahnen und Dampfern gewonnen haben, jede Nacht wieder verlieren.‹

Rivière hatte gelangweilt zugehört, als sie von Bilanzen redeten und Versicherungen und vor allem von der öffentlichen Meinung: ›Die öffentliche Meinung‹, rief er dazwischen, ›die lenkt man nach seinem Willen!‹ – ›Wieviel verlorene Zeit!‹ dachte er. ›Es gibt etwas … etwas, das stärker ist als alles das. Was lebendig ist, schiebt alles beiseite, um zu leben, und schafft sich, um zu leben, seine eigenen Gesetze. Unwiderstehlich.‹ Er wußte nicht, wann und wie die Handelsluftfahrt zur Einführung der Nachtflüge übergehen würde, aber es galt diese unvermeidliche Entwicklung vorzubereiten.

Er sieht wieder den grünen Tisch vor sich, an dem er, das Kinn aufgestützt, mit einem merkwürdigen Gefühl von Überlegenheit all diesen Einwänden zugehört hatte. Sie schienen ihm nichtig, im voraus verurteilt durch das Leben selber. Er fühlte eine geballte Kraft in sich: ›Meine Gründe sind stärker, ich werde siegen. Das liegt im natürlichen Lauf der Dinge.‹ Wenn man perfekte Lösungen von ihm forderte, die alle Gefahren ausschalten würden, erwiderte er: ›Erst die Erfahrung schafft die Grundsätze, die Grundsätze gehen niemals der Erfahrung voraus.‹

Es kostete ein Jahr Kämpfe, dann hatte Rivière gesiegt. Die einen sagten: ›dank seines Glaubens an die Sache‹, die andern: ›dank seiner Zähigkeit und seines bärenhaften Draufgängertums‹; nach seiner eigenen Meinung einfach deshalb, weil er in der rechten Richtung ging. Aber wie behutsam waren die ersten Anfänge! Die Flugzeuge starteten zunächst nur eine Stunde vor Tagesanbruch und landeten eine Stunde nach Sonnenuntergang. Erst als er sich sicherer fühlte, wagte er es, die Kuriere in die Tiefen der Nacht zu schicken. Von keinem gefolgt, viel befehdet, führte er noch heute einen einsamen Kampf.

Rivière läutet, um sich die letzten Meldungen geben zu lassen von den beiden Flugzeugen, die noch unterwegs sind.

XII

Mittlerweile war der Kurier von Patagonien an das Gewitter herangekommen, und Fabien gab den Gedanken auf, es zu umfliegen. Es schien ihm zu ausgedehnt, denn das Flakkern der Blitze zog sich bis tief ins Land hinein und enthüllte immer neue Wolkenburgen. Er wollte versuchen, unten durchzukommen, und wenn sich das übel anließ, umkehren.
Er las seine Höhe ab: tausendsiebenhundert Meter. Er preßte die Handflächen gegen das Steuer, um sie zu verringern. Der Motor vibrierte sehr stark, und das Flugzeug zitterte. Fabien korrigierte den Neigungswinkel nach dem Gefühl, stellte dann auf der Karte die Höhe der Bodenerhebungen fest: fünfhundert Meter. Um einen Spielraum zu wahren, beschloß er, bis auf siebenhundert hinunterzugehen.
Er opferte seine Höhe, wie man ein Vermögen aufs Spiel setzt.
Eine Bö ließ die Maschine durchsacken, so daß sie in allen Fugen zitterte. Fabien fühlte sich wie von unsichtbarem Bergsturz bedroht. Ihm träumte, er kehrte um und fände hunderttausend Sterne wieder, aber er wich nicht um einen Grad vom Kurs.

Fabien berechnete seine Chancen: es handelte sich vermutlich um ein örtliches Gewitter, denn Trelew, die nächste Station, meldete dreiviertel bedeckten Himmel. Es galt also, höchstens zwanzig Minuten in dieser schwarzen Masse auszuhalten. Dennoch schlug ihm das Herz. Nach links geneigt gegen die Wucht des Windes, spähte er nach den undeutlichen Scheinen, die auch in der finstersten Nacht noch umhergeistern. Aber selbst davon war nichts zu gewahren. Höchstens leise Wandlungen in der Schwärze der Schatten um ihn her, oder Täuschung der ermüdeten Augen.

Er entfaltete einen Zettel des Funkers:

»Wo sind wir?«

Fabien hätte viel darum gegeben, wenn er es gewußt hätte. Er antwortete: »Ich weiß nicht. Wir durchqueren ein Gewitter nach dem Kompaß.«

Er neigte sich noch weiter zur Seite. Die Flamme des Auspuffs störte ihn, die wie ein Feuerstrauß am Motor hing, so blaß, daß der Mondschein sie ausgelöscht hätte, die aber in diesem Nichts alles Sichtbare verschlang. Er schaute sie an. Sie war vom Fahrtwind zusammengesträhnt wie die Flamme einer Fackel.

Alle dreißig Sekunden tauchte Fabien den Kopf zum Instrumentenbrett hinunter, um den künstlichen Horizont und den Kompaß zu prüfen. Er wagte nicht mehr, die schwachen roten

Lampen anzudrehen, die ihn jedesmal auf lange Zeit blendeten; nur die Leuchtziffern warfen ihren blassen Sternenschein. Hier, inmitten von Zeigern und Ziffern, empfand er eine trügerische Sicherheit, wie in der Kabine eines Schiffes, an der die Flut vorbeiströmt. So strömte die Nacht und alles, was sie an Klippen, Höhen und treibenden Fährnissen in sich barg, gegen das Flugzeug an, mit der gleichen beklemmenden Unentrinnbarkeit.

»Wo sind wir?« wiederholte der Funker.

Fabien tauchte wieder empor und nahm, nach links gelehnt, seine gefährliche Wacht wieder auf. Wieviel Zeit und Mühsal noch, bis er loskommen würde aus diesen finstern Banden? Er zweifelte fast, ob er jemals loskommen würde, denn er setzte jetzt sein Leben nur noch auf dieses schmutzige, zerknüllte Stückchen Papier, das er schon hundertmal entfaltet und gelesen hatte, um seine Hoffnung zu nähren: »Trelew: dreiviertel bedeckt, schwacher Westwind.« Wenn Trelew nur dreiviertel bedeckt war, mußte man seine Lichter in den Wolkenschluchten gewahren. Vorausgesetzt, daß ...

Die Verheißung spornte ihn an, seinen Kurs beizubehalten; aber da er trotzdem Zweifel hatte, kritzelte er an den Funker: »Ich weiß nicht, ob ich durchkommen werde. Fragen Sie, ob es hinter uns noch schön ist.«

Die Antwort bestürzte ihn: »Commodoro meldet: Rückkehr nach hier unmöglich. Sturm.« Die ungewöhnliche Gewalt der Offensive begann ihm zu dämmern, die sich da von den Anden gegen das Meer herabwälzte. Noch ehe er die Städte erreichen würde, würde der Zyklon sie verschlingen.

»Fragen Sie San Antonio nach dem Wetter.«
»San Antonio antwortet: Aufkommender Westwind, Gewitter im Westen. Vier Viertel bedeckt. San Antonio hört sehr schlecht wegen der Störungen. Ich höre auch schlecht. Ich glaube, ich werde bald die Antennen einziehen müssen wegen der Entladungen. Werden Sie umkehren? Was haben Sie vor?«
»Lassen Sie mich in Frieden. Fragen Sie Bahia Blanca nach dem Wetter.«

»Bahia Blanca antwortet: Erwarten in höchstens zwanzig Minuten schweres Unwetter von West über Bahia Blanca.«
»Fragen Sie Trelew.«

»Trelew antwortet: Orkan dreißig Sekundenmeter West und Regenschauer.«
»Melden Sie nach Buenos Aires: Sind von allen Seiten eingeschlossen, Gewittersturm auf tausend Kilometer Länge, können nichts mehr sehen. Was sollen wir tun?«

Für den Piloten war diese Nacht uferlos. Sie führte weder zu einem Hafen (die schienen alle unerreichbar) noch zum Morgen: in einer Stunde vierzig Minuten würde man keinen Kraftstoff mehr haben. Früher oder später würde man sich dann blindlings in diese Finsternis hinabgleiten lassen müssen.

Wenn er den Tag hätte erreichen können...
Fabien dachte an den Morgen wie an einen goldenen Strand, an den man gespült würde nach dieser schweren Nacht. Die Küste der Ebenen würde auftauchen unter dem bedrohten Flugzeug. Die ruhevolle Erde mit ihren schlummernden Farmen und ihren Herden und Hügeln. Harmlos wären alle Fährnisse, die im Dunkel trieben. Wie er dem Tag entgegenschwimmen würde, wenn er könnte!
Aber er war umzingelt. Alles würde zum guten oder schlimmen Ende kommen hier in dem dikken Dunkel.
Zwar: mehr als einmal schon war es ihm geschehen, daß der Tag dann doch noch gekommen war, wie Genesung.
Aber wozu den Blick nach Osten richten, wo die Sonne lebte: zwischen ihnen war diesmal ein solcher Abgrund von Nacht, daß man nicht zu ihr gelangen konnte.

XIII

Der Kurier von Asuncion kommt gut voran. Gegen zwei Uhr werden wir ihn hier haben. Dagegen sehen wir eine beträchtliche Verspätung des Kuriers von Patagonien voraus, der in Schwierigkeiten scheint.«

»Sehr wohl, Herr Rivière.«

»Möglicherweise werden wir mit dem Start des Europakuriers nicht auf ihn warten: sowie Asuncion ankommt, halten Sie sich für weitere Anordnungen bereit.«

Rivière durchflog abermals die Streckenmeldungen der nördlichen Zwischenstationen. Sie verhießen dem Europakurier eine Mondscheinfahrt: »Klarer Himmel, Vollmond, Windstille.« Die Gebirge Brasiliens, scharf gegen den erhellten Himmel, tauchten ihren dichten Pelz schwarzer Wälder steil hinab in das lebendige Silber des Meeres. Wälder tiefschwarz, ungebleicht von den Mondstrahlen, die unablässig auf sie herabregnen. Und schwarz wie Wracks auch die Inseln im Meer. Und immer der Mond über der ganzen Strecke, ein unerschöpflicher Lichtquell.

Wenn er den Start befahl, so eröffnete sich der Besatzung des Europakuriers eine beständige

Welt, sanft leuchtend die ganze Nacht durch. Eine Welt, in der nichts das Gleichgewicht von Licht und Schatten bedrohte. In die sich nicht einmal die leisen Winde einschlichen, die auffrischend in wenigen Stunden einen ganzen Himmel verderben können.
Aber Rivière zögerte angesichts dieses Glanzes, wie ein Goldsucher angesichts verbotener Goldfelder. Die Ereignisse im Süden gaben ihm, dem einzigen Verfechter der Nachtflüge, unrecht. Ein Unfall in Patagonien würde seinen Gegnern zu einer so starken moralischen Position verhelfen, daß sein Glaube an die Sache vielleicht in Zukunft ohnmächtig sein würde; denn sein Glaube war nicht erschüttert: irgendeine Lücke in seinem Werk hatte zu dem Drama geführt, aber das Drama brachte diese Lücke ans Licht, es bewies nichts anderes.
»Vielleicht sind Beobachtungsstationen im Westen nötig... Man wird ja sehen.‹ – ›Ich habe‹, dachte er weiter, ›genau die gleichen guten Gründe, auf meiner Sache zu bestehen, und dazu eine Ursache möglicher Unglücksfälle weniger: nämlich die, die sich jetzt herausgestellt hat.‹ Fehlschläge kräftigen den Starken. Leider spielt man gegen die Menschen ein Spiel, in dem die wahre Bedeutung der Dinge so wenig zählt. Man gewinnt oder verliert nach dem bloßen Schein: Scheinsiege, deren man sich eher

schämt, oder Scheinniederlagen, die einem das Weiterwirken unmöglich machen.
Rivière läutete an.
»Noch immer keine Meldung von Bahia Blanca?«
»Nein.«
»Rufen Sie mir die Station ans Telefon.«
Fünf Minuten später:
»Warum melden Sie nichts?«
»Wir hören nichts von dem Kurier.«
»Er sendet nichts?«
»Wir wissen es nicht. Zu viele Gewitter. Auch wenn er senden würde, würden wir's nicht hören.«
»Hört Trelew etwas?«
»Wir hören Trelew nicht.«
»Telephonieren Sie.«
»Wir haben's versucht: die Leitung ist unterbrochen.«
»Was für Wetter bei Ihnen?«
»Drohend. Blitze in West und Süd. Sehr schwül.«
»Wind?«
»Noch schwach, aber höchstens noch für zehn Minuten. Die Blitze kommen schnell näher.«
Schweigen.
»Bahia Blanca? Sind Sie noch da? Gut. Rufen Sie uns in zehn Minuten wieder an.«
Und Rivière blätterte in den Telegrammen der

Südstationen. Alle meldeten, daß sie nichts von dem Flugzeug hörten. Einige antworteten überhaupt nicht mehr, und der Umkreis des Schweigens wurde immer größer auf der Karte – dort, wo die kleinen Städte sich bereits unter dem Zyklon duckten, alle Türen geschlossen, jedes Haus in den Straßen ohne Licht, abgesperrt von der Welt, verloren in der Nacht wie ein Schiff. Erst der Morgen würde sie erlösen.

Trotzdem hielt Rivière, über die Karte gebeugt, immer noch an der Hoffnung fest, irgendwo eine Zuflucht, einen Rest klaren Himmels zu entdecken, denn er hatte telegraphisch die Polizei von über dreißig Provinzstädten um Wetterberichte ersucht, und die Antworten begannen einzulaufen. Auf zweitausend Kilometer hatten die Funkstellen Befehl, sowie sie etwas von dem Flugzeug hörten, binnen dreißig Sekunden Buenos Aires zu benachrichtigen, das ihnen dann die Lage des Ausweichplatzes mitteilen würde, zur Weitergabe an Fabien.

Die Schreiber, auf ein Uhr nachts bestellt, hatten sich wieder in den Büros eingefunden. Geheimnisvolles Getuschel ging um, daß möglicherweise die Nachtflüge eingestellt würden und daß auch der Europakurier nur mehr am Tage starten würde. Sie redeten mit leisen Stimmen von Fabien, von dem Zyklon und vor allem von Rivière. Sie malten sich aus, wie er jetzt wohl ganz nahe von ihnen saß, immer mehr zusammensinkend unter der Absage, die die Natur ihm erteilte.

Aber alle die Stimmen erloschen: Rivière war soeben in der Tür erschienen, in seinen Mantel geknöpft, den Hut über den Augen, wie immer, der ewige Reisende. Er trat ruhig auf den Bürovorsteher zu:

»Es ist zehn Uhr, sind die Papiere des Europakuriers in Ordnung?«

»Ich ... ich dachte...«

»Sie haben nicht zu denken, sondern die Befehle auszuführen.«

Er wandte sich langsam zu einem offenen Fenster, die Hände im Rücken gekreuzt.

Ein Schreiber trat an ihn heran:

»Herr Direktor, wir bekommen nur noch wenige Antworten. Man meldet, daß im Inland schon viele Telegraphenverbindungen zerstört sind...«

»Gut.«

Rivière schaute unbeweglich in die Nacht.

Jede Meldung bedeutete eine Bedrohung des Kuriers. Jede Stadt, deren Verbindung noch nicht zerstört war und die noch antworten konnte, berichtete von dem verheerenden Vormarsch des Zyklons. ›Er kommt aus dem Innern, von den Kordilleren. Er fegt die ganze Strecke entlang, auf das Meer zu...‹

Rivière schaute prüfend empor. Zu leuchtend, diese Sterne. Zu feucht die Luft. Eine unheimliche Nacht. Sie verfaulte unversehens schichtweise, wie das Fleisch einer leuchtenden Frucht. Noch beherrschten die Sterne Buenos Aires in strahlender Vollzähligkeit, aber das war nur noch eine Oase, und für wie lange? Ein Hafen überdies, der außer Reichweite des Flugzeugs lag. Bedrohliche Nacht, die ein böser Wind anwehte und verdarb. Eine schwer zu bezwingende Nacht.
Irgendwo in ihren Tiefen war ein Flugzeug in Gefahr: man bangte ohnmächtig am Ufer.

XIV

Fabiens Frau rief an.

Wie jede Nacht, in der sie die Rückkehr erwartete, rechnete sie den Weg von Patagonien her nach: ›Jetzt startet er von Trelew…‹ Dann schlief sie wieder ein. Etwas später: ›Jetzt muß er dicht vor San Antonio sein, er muß die Lichter sehen…‹ Dann stand sie auf, zog die Vorhänge weg und prüfte den Himmel: ›Die vielen Wolken stören ihn…‹ Manchmal wachte der Mond draußen wie ein Hirte. Dann legte die junge Frau sich wieder hin, beruhigt durch diesen silbernen Freund und diese Gestirne, diese vieltausend Wesenheiten rings um ihren Gatten. Gegen ein Uhr fühlte sie ihn nahe: ›Er kann nicht mehr weit sein. Er muß schon Buenos Aires sehen…‹ Dann stand sie wieder auf und bereitete ihm eine Mahlzeit, einen heißen Kaffee: ›Es ist so kalt da oben…‹ Sie empfing ihn immer, als käme er von einem Schneegipfel herab: ›Dir ist nicht kalt? … Aber nein! … Wärm dich trotzdem ein bißchen…‹ Gegen Viertel nach eins war alles bereit. Und dann telephonierte sie.

Auch heute, wie immer, fragte sie:

»Ist Fabien gelandet?«

Der Schreiber am Hörer wurde ein wenig verlegen:

»Wer spricht?«

»Simone Fabien.«

»Oh! einen Augenblick...«

Der Schreiber, der nicht den Mut hatte, etwas zu sagen, reichte den Hörer dem Bürovorsteher.

»Wer ist da?«

»Simone Fabien.«

»Oh! ... was wünschen Sie, gnädige Frau?«

»Ist mein Mann gelandet?«

Ein kurzes Schweigen, das der Fragenden unerklärlich dünken mußte, dann als Antwort ein einfaches:

»Nein.«

»Hat er Verspätung?«

»Ja...«

Wieder Schweigen.

»Ja... Verspätung.«

»Ah!...«

Ein verwundetes »Ah!« Eine Verspätung hat nichts zu sagen ... gar nichts ... aber wenn sie länger dauert...

»... Und um welche Zeit wird er hiersein?«

»Um welche Zeit er hiersein wird? Das ... das wissen wir nicht.«

Sie stieß gegen eine Mauer. Sie erhielt nur das Echo ihrer eigenen Fragen.

»Ich bitte Sie, antworten Sie mir! Wo ist er?«

»Wo er ist? Einen Augenblick...«

Dieser ungreifbare Widerstand machte sie krank. Es ging etwas vor da hinter dieser Mauer.

Endlich entschloß man sich zur Antwort:

»Er ist um neunzehn Uhr dreißig von Commodoro gestartet.«

»Und seitdem?«

»Seitdem? ... Sehr viel Verspätung ... sehr viel Verspätung durch das schlechte Wetter...«

»Ah! ... das schlechte Wetter...«

Was für eine Ungerechtigkeit, was für ein Hohn, dieser Mond da droben, zu nichts nütze, über Buenos Aires! Der jungen Frau fiel plötzlich ein, daß man kaum zwei Stunden brauchte von Commodoro bis Trelew.

»Und er fliegt seit sechs Stunden und ist noch immer nicht in Trelew! Aber er gibt Ihnen doch Nachrichten! Was sagt er denn?...«

»Was er sagt? Natürlich ... bei so einem Wetter ... Sie verstehen ... da hört man natürlich nicht so gut.«

»So einem Wetter...!?«

»Also, nicht wahr, gnädige Frau, wir rufen Sie an, sowie wir etwas wissen.«

»Ah! Sie wissen nichts?...«

»Auf Wiedersehen, gnädige Frau...«

»Nein! Nein! Ich will den Direktor sprechen!«

»Der Herr Direktor ist sehr beschäftigt, gnädige Frau, er ist bei einer Sitzung...«

»Ach, das ist mir gleich. Das ist mir ganz gleich! Ich will ihn sprechen!«

Der Bürovorsteher wischte sich die Stirn:

»Einen Augenblick...«

Er öffnete die Tür zu Rivières Zimmer:

»Frau Fabien möchte Sie sprechen.«

›Da‹, dachte Rivière, ›da haben wir, was ich befürchtete.‹ Die Gefühlsseite des Dramas begann sich zu zeigen. Im ersten Augenblick gedachte er sich abweisend dagegen zu verhalten: die Mütter und Frauen werden nicht in den Operationssaal zugelassen; auch auf Schiffen in Seenot müssen die Gefühle schweigen; sie helfen nicht retten. Trotzdem erwiderte er:

»Schalten Sie auf mein Büro um.«

Er hörte die kleine, ferne, bebende Stimme und wußte sogleich, daß er ihr nicht würde antworten können. Es war nutzlos, vollkommen nutzlos für alle beide, sich hier gegenüberzutreten.

»Gnädige Frau, ich bitte Sie, beruhigen Sie sich! Es kommt so häufig vor in unserem Beruf, daß man lange auf Nachrichten warten muß.«

Er war in seinem Denken bis an jene Grenze gelangt, wo sich die Frage – nicht nach einem kleinen privaten Weh, sondern nach dem Sinn der

Tat, der Aktivität selber erhebt. Es war nicht Fabiens Frau, die ihm gegenüberstand, sondern eine andere Lebensauffassung. Er konnte nichts tun, als sie anhören, sie bemitleiden, diese kleine Stimme, diesen so traurigen, aber feindseligen Laut. Denn weder die Welt der Tat noch die Welt persönlichen Glückes können sich auf Teilung einlassen, sondern stehen im Widerstreit. Auch diese Frau sprach im Namen einer absoluten Welt und ihrer Rechte und Pflichten. Die Welt freundlichen Lampenscheins über abendlichem Tisch, die Welt eines Körpers von Fleisch und Blut, der Anspruch erhebt auf den andern, Heimat von Hoffnungen, Zärtlichkeiten, Erinnerungen. Sie forderte ihr Wohlergehen, und sie hatte recht. Und auch er, Rivière, hatte recht, aber er vermochte dem, was für diese Frau Geltung hatte, nichts entgegenzusetzen. *Seine* Wahrheit schien ihm, im Licht einer bescheidenen häuslichen Lampe, unmenschlich und nicht in Worte zu fassen.

»Gnädige Frau...«

Sie hörte nicht mehr. Ihm war, als wäre sie plötzlich hingesunken, fast wie zu seinen Füßen, nachdem sie mit ihren schwachen Fäusten vergebens gegen die Mauer geschlagen.

Ein Ingenieur hatte einmal zu Rivière gesagt, als sie sich über einen Verwundeten beugten, der beim Bau einer Brücke verunglückt war: »Ist die Brücke da ein zerstörtes Gesicht wert?« Nicht einer von den Landbewohnern, für die diese neue Straße sich öffnete, wäre bereit gewesen, dieses Gesicht zu verstümmeln, nur um sich den Umweg über die nächste Brücke zu ersparen. Und trotzdem baute man Brücken. »Das allgemeine Interesse«, hatte der Ingenieur hinzugefügt, »ist nur die Summe der Einzelinteressen: darüber hinaus berechtigt es zu nichts.« – »Und dennoch«, hatte Rivière ihm später erwidert, »obwohl das Menschenleben unbezahlbar ist, handeln wir immer wieder so, als ob es etwas gäbe, das das Menschenleben an Wert übertrifft... Aber was?«

Das Herz preßte sich ihm zusammen, wenn er an die Besatzung da oben dachte. Die Taten – schon ein ganz alltäglicher Brückenbau – forderten Opfer an Glück. ›Im Namen wessen?‹ fragte Rivière sich immer dringlicher.

›Diese zwei Menschen‹, dachte er, ›die vielleicht schon heute aus der Welt verschwinden werden, hätten glücklich leben können.‹ Er sah Gesichter, in die goldene Geborgenheit des Lampenscheins gesenkt. ›Im Namen wessen habe ich sie herausgerissen?‹ Im Namen wessen hat er sie ihrem privaten Glück entzogen? Ist es nicht erstes Gesetz, solches Glück zu behüten? Aber er selbst zerbricht es. Und dennoch: eines Tages schwinden unvermeidlich diese goldenen Glücksbereiche ohnedies dahin wie Luftspiegelungen. Alter und Tod zerstören sie unbarmherziger als ich. Vielleicht gibt es etwas anderes, Dauerhafteres, das es zu bewahren gilt? Vielleicht ist es *dieses* Teil des Menschen, um dessentwillen ich arbeite? Andernfalls ist die Arbeit nicht gerechtfertigt.

›Lieben, nur lieben – was für eine Sackgasse!‹ Rivière hatte die dunkle Empfindung von einer Pflicht, höher als Liebe. Oder vielleicht handelte es sich auch dabei um ein Liebesgefühl, nur so ganz anderer Art. Ein Satz kam ihm in den Sinn: ›Es handelt sich darum, sie unsterblich zu machen…‹ Wo hatte er das gelesen? ›Was man für sich selber erstrebt, stirbt.‹ Ein Tempel des Sonnengottes der alten Inkas von Peru kam ihm in den Sinn. Diese steilen Blöcke hoch im Gebirge. Was wäre ohne sie verblieben von einer Kultur, so machtvoll, daß selbst ihre Trümmer noch wie ein Vorwurf lasteten auf den Menschen von heute? ›Im Namen welcher Härte oder welcher seltsamen Liebe zwang der Führer der Völker von einst seine Massen dazu, diesen Tempel ins Gebirge hinaufzuschleppen und ihre eigene Unvergänglichkeit hier aufzurichten?‹ Er sah träumend wieder die Menge in den Kleinstädten vor sich, die abends um ihren

Musikpavillon kreist: ›*Die* Art Glück‹, dachte er, ›dieses Karussell...‹ Der Führer der Völker von einst – wenn er auch vielleicht kein Mitleid hatte mit dem Leiden des Menschen, so hatte er doch unendliches Mitleid mit seinem Tode. Nicht mit dem Tode des einzelnen, aber Mitleid mit der Gattung und ihrem Dahinschwinden in einem Meer von Sand. Und so ließ er sie wenigstens Steine aufrichten, die die Wüste nicht verschlingen könnte.

XV

Dieser gefaltete Zettel war vielleicht die Rettung: Fabien öffnete ihn mit zusammengebissenen Zähnen.

»Unmöglich, mit Buenos Aires Verbindung zu bekommen. Ich kann nicht mal mehr arbeiten, weil ich Funken in die Finger bekomme.«

Fabien wollte gereizt antworten, aber als er die Hände vom Steuer nahm, um zu schreiben, fühlte er sich wie von einer gewaltigen Woge schwankend gehoben mitsamt seinen fünf Tonnen Metall. Er gab es auf.

Seine Hände schlossen sich wieder ums Steuer und bezwangen die Woge.

Er holte tief Atem. Wenn der Funker aus Angst vor dem Gewitter die Antenne einzog, würde er ihm nach der Landung aufs Maul schlagen. Er mußte um jeden Preis mit Buenos Aires Verbindung bekommen, so als könnte man ihnen von dort aus, über fünfzehnhundert Kilometer hinweg, ein rettendes Tau in diesen Abgrund zuwerfen. Ohne das kleinste zitternde Licht, ohne eine fast unnütze Herbergslampe, die ihm aber bezeugt hätte, daß die Erde noch stünde, brauchte er wenigstens eine Stimme, eine einzige, wenngleich aus einer Welt, die es schon nicht mehr gab. Er hob die Faust und schwenkte sie in dem roten Lichtschein, um dem andern da hinten diese tragische Notwendigkeit deutlich zu machen; aber der beugte sich über den öden Raum, der die verhüllten Städte barg und die toten Lichter, und sah es gar nicht.

Fabien wäre jedem Rat gefolgt, den ihm jemand zugerufen hätte. Er dachte: ›Und wenn man mir sagt, ich soll im Kreis herumfliegen, dann fliege ich im Kreis herum, und wenn man mir sagt, ich soll direkt nach Süden fliegen ...‹ Irgendwo gab es sie, diese Länder, die in süßem Frieden unter den großen Mondscheinschatten ruhten. Die Kameraden da drunten, die jetzt geborgen im Lampenlicht – Lampen schön wie Blumen – sich über ihre Karten beugten, allwissend und allmächtig, wußten, wo diese Länder lagen. Aber er, was wußte er, hier inmitten von Böen und Nacht, die ihren schwarzen, reißenden Strom ihm entgegenwälzte mit der Geschwindigkeit eines Bergrutsches. Man konnte doch nicht zwei Menschen im Stich lassen hier in den Wolken zwischen Wirbeln und Flammen. Das konnte man einfach nicht. Man würde ihm befehlen: ›Kurs zweihundertvierzig ...‹, und er würde auf zweihundertvierzig drehen. Aber er war allein.

Es war, als ob auch die Materie sich empörte. Bei jedem Durchsacken vibrierte der Motor so stark, daß das ganze Flugzeug ins Zittern geriet wie vor Zorn. Fabien wandte seine ganze Kraft auf, um es zu beherrschen, den Kopf zum Instrumentenbrett gesenkt, den Blick auf den künstlichen Horizont gerichtet, denn draußen konnte er Erde und Himmel nicht mehr unterscheiden in diesem Urweltdunkel. Aber die Zeiger der Instrumente schlugen immer schneller aus, ließen sich immer schwerer verfolgen. Schon machte er, von ihnen getäuscht, falsche Bewegungen, verlor Höhe, sank immer tiefer in dieses Dunkel. Er las die Höhe ab: fünfhundert Meter. Das war die Höhe der Hügel. Er fühlte ihre schwindligen Wogen ihm entgegenrollen. es war ihm, als ob all diese Massen Erdreichs, deren geringste genügt hätte, ihn zu zerschmettern, von ihrem Untergrund losgerissen wären, losgeschraubt, und um ihn zu kreisen begännen, wie betrunken, eine Art Abgrundstanz begännen, der sich enger und enger um ihn zusammenzog.

Da faßte er einen Entschluß. Auf die Gefahr hin, zu zerschellen, wollte er landen, gleichgültig wo. Und um wenigstens den Hügeln auszuweichen, schoß er seine einzige Leuchtrakete ab. Sie flammte auf, drehte sich, beleuchtete eine Ebene, in der sie verlosch: es war das Meer.

Er dachte blitzschnell: ›Verloren. Vierzig Grad vorgehalten und trotzdem abgetrieben. Das ist ein Zyklon. Wo ist das Land? Er kurvte voll nach Westen. Er dachte: ›Ohne Leuchtrakete jetzt ist es mein sicherer Tod.‹ Das mußte eines Tages kommen. Und sein Kamerad da hinten ... ›Er hat sicher die Antenne wieder eingezogen.‹ Aber er war ihm nicht mehr gram deswegen. Wenn er jetzt einfach die Hände öffnete, flog ihrer beider Leben daraus weg, wie ein bißchen Staub. Er hielt in seinen Händen das schlagende Herz seines Gefährten und das seinige. Und plötzlich erschrak er über seine Hände.

In diesen Böen, die wie Widder gegen ihn anbockten, hatte er sich, um die Stöße des Steuers abzufangen, die sonst die Verbindungskabel zerrissen hätten, aus Leibeskräften an das Rad geklammert. Er klammerte sich auch jetzt noch daran. Aber siehe da, er fühlte seine Hände nicht mehr, sie waren durch die Anstrengung erstarrt. Er wollte die Finger bewegen, um eine Botschaft von ihnen zu empfangen: er spürte nicht, ob sie ihm gehorchten. Irgend etwas Fremdes war da an den Enden seiner Arme. Fühllose, schlaffe Lappen. Er dachte: ›Ich muß mir ganz stark vorstellen, daß ich festhalte ...‹ Er spürte nicht, ob der Gedanke bis in die Hände gelangte. Er spürte nur die Schmerzen in den Schultern von den Stößen des Steuers und dachte: ›Es wird mir entgleiten. Meine Hände werden sich öffnen ...‹ Aber er erschrak sogleich über seine eigenen Worte, denn er glaubte zu fühlen, wie seine Hände diesmal wirklich der Zauberkraft der Vorstellung gehorchten und sich langsam öffneten, um ihn dem Dunkel auszuliefern.

Er hätte noch immer kämpfen, sein Glück versuchen können: es gibt kein äußeres Verhängnis. Aber es gibt ein inneres Verhängnis: es kommt ein Augenblick, in dem man entdeckt, daß man verwundbar ist; dann wird man zu falschen Entschlüssen hingezogen wie der Schwindlige zum Abgrund.

Und in ebendiesem Augenblick war es, daß über seinem Kopf in einer Lücke des Gewölks, wie ein tödlicher Köder am Grunde einer Reuse, ein paar Sterne aufleuchteten.

Er erkannte wohl, daß das eine Falle war: man sieht drei Sterne in einem Loch, man steigt zu ihnen hinauf, dann kann man nicht wieder hinunter und mag da oben bleiben und Sterne beißen...

Aber sein Hunger nach Licht war so stark, daß er stieg.

XVI

Er stieg, die Schwankungen nun besser ausgleichend, dank dem Halt, den sein Blick an den Sternen hatte. Ihr blasser Schein zog ihn magnetisch an. Er hatte so lange auf der Suche nach einem Licht geschmachtet, daß er auch von dem dürftigsten nicht wieder abgelassen hätte, sondern hungrig darumgekreist wäre, wie um einen Herbergsschimmer, bis an seinen Tod. Und hier stieg er zu ganzen Gefilden von Licht hinauf.

Er erhob sich in Spiralen nach und nach in dem Schacht, der sich über ihm geöffnet hatte und sich unter ihm wieder schloß. Und die Wolken verloren, je höher er stieg, ihre schmutzige Düsternis, glitten wie immer reinere und weißere Wogen auf ihn zu. Fabien tauchte hervor.

Staunen überwältigte ihn: die Helligkeit war so groß, daß sie ihn blendete. Er mußte für Sekunden die Augen schließen. Er hätte nie zuvor geglaubt, daß Wolken bei Nacht blenden könnten. Aber der Vollmond und alle Sternbilder verwandelten sie in ein gleißendes Meer.

Das Flugzeug war mit einem Schlage, mit der Sekunde, in der es hervortauchte, in eine Stille geraten, die wie ein Wunder schien. Nicht eine

Luftschwankung hob oder senkte es. Wie eine Barke, die die Mole passiert, glitt es in stille Gewässer. Es schwamm in einem nie gesehenen, verborgenen Teil des Himmels, wie in einer Bucht der Inseln der Seligen. Das Wettergewölk unter ihm war wie eine andere Welt, dreitausend Meter dick, von Böen, Wasserwirbeln, Blitzen durchrast; aber das Gesicht, das es den Gestirnen zukehrte, war von Kristall und Schnee.

Es war Fabien zumute, als sei er in Zaubersphären geraten, denn alles wurde leuchtend, seine Hände, seine Kleider, seine Tragflügel. Denn das Licht kam nicht von den Gestirnen herab, sondern löste sich, unter ihm und rings um ihn her, aus dieser weißen Fülle.

Die Wolken unter ihm strahlten allen Schnee wider, den sie vom Mond empfingen. Die rechts und links, hoch wie Türme, desgleichen. Eine Milch von Licht floß und schwamm allenthalben, in der die Besatzung badete. Fabien drehte sich um und sah, daß der Funker lächelte.

»Das ist schon besser hier!« schrie er.

Aber die Stimme verlor sich im Dröhnen des Flugs, lächeln war die einzige Verständigung. ›Ich bin völlig verrückt‹, dachte Fabien, ›daß ich hier lächle: wir sind verloren.‹

Gleichviel: tausend schwarze Arme hatten ihn freigegeben. Man hatte ihm die Fesseln gelöst,

wie einem Gefangenen, den man für eine letzte Weile allein unter Blumen spazieren läßt.
›Zu schön‹, dachte Fabien. Er irrte unter Sternen umher, dichtgehäuft ringsum wie ein Schatz, in einer Welt, wo nichts, absolut nichts Lebendiges war außer ihm, Fabien, und seinem Kameraden. Gleich jenen Dieben im Märchen, die in die Schatzkammer eingemauert sind, aus der sie nicht wieder herauskommen werden. Unter eisfunkelndem Geschmeide irren sie umher, unermeßlich reich, doch verdammt.

XVII

Einer der Funker von Commodoro Rivadavia, Zwischenlandeplatz in Patagonien, machte eine plötzliche Bewegung, und alle, die noch auf Wache waren, drängten und beugten sich um ihn.

Beugten sich über ein unbeschriebenes, hart beleuchtetes Stück Papier. Die Hand des Mannes am Apparat zögerte noch, bewegte den Bleistift hin und her. Sie ließ die Buchstaben noch nicht ans Licht, aber die Finger zuckten schon.

»Gewitter?«

Der Funker nickte. Die knatternden Störungen erschwerten den Empfang.

Dann schrieb er ein paar unleserliche Zeichen hin. Dann Worte. Dann konnte man den Text herstellen:

»In dreitausendachthundert über dem Gewitter abgeschnitten. Steuern direkt West landein, da wir über See abgekommen waren. Unter uns ist alles dicht. Wir wissen nicht, ob wir immer noch über See sind. Teilt mit, ob sich Unwetter ins Landesinnere erstreckt.«

Man konnte dieses Telegramm der Gewitter wegen nur von Station zu Station nach Buenos Aires weitergeben. Die Nachricht nahm ihren

Weg durch die Nacht wie Feuerzeichen von Berg zu Berg.

Buenos Aires ließ antworten:

»Unwetter überall im Landesinnern. Wieviel Kraftstoff habt ihr noch?«

»Eine halbe Stunde.«

Und diese drei Worte liefen von Station zu Station nach Buenos Aires zurück.

Das Flugzeug war dazu verurteilt, vor Ablauf von dreißig Minuten in einen Zyklon zu tauchen, der es herunterzerren würde bis an den Boden.

XVIII

Rivière sitzt in Gedanken. Er hat keine Hoffnung mehr: diese Besatzung wird zugrunde gehen irgendwo in der Nacht.
Ein Bild kommt ihm in den Sinn, das sich ihm als Kind eingeprägt hat: man ließ einen Teich ab, um einen Ertrunkenen zu finden. Auch jetzt wird man nichts finden, ehe nicht die Flut der Dunkelheit abgelaufen ist von der Erde, ehe nicht die Steppen und Felder und Sandflächen wieder zutage treten. Bauern werden dann vielleicht zwei Kinder finden, die zu schlafen scheinen, den Arm überm Gesicht, hingespült in Gras und gelben Sand auf friedlichem Grund. Ertränkt von der Nacht.
Rivière denkt an Herrlichkeiten, die in den Tiefen der Nacht verborgen sind wie in einem Fabelmeer... Die Apfelbäume, die den Tag erwarten mit allen ihren Blüten im Finstern. Die Nacht ist reich, voll von Düften, von schlafenden Lämmern und von Blumen, die noch keine Farbe haben.
Nach und nach werden sie an den Tag steigen, die fetten Ackerfurchen, die tauigen Wälder, die frischen Kleewiesen. Aber zwischen den jetzt harmlosen Bergen und den Steppen und

den Lämmern, mitten in der friedlichen Ordnung der Erde, werden zwei Kinder liegen, als schliefen sie. Und etwas wird hinübergeglitten sein aus der sichtbaren Welt in die andere.

Rivière kennt Fabiens Frau, die jetzt in zärtlicher Angst wartet: ihre Liebe war ihr nur für eine Weile geliehen, wie ein Spielzeug einem armen Kinde.

Rivière denkt an Fabiens Hand, die noch für ein paar Minuten sein Schicksal am Steuer hält. Diese Hand, die geliebkost hat. Die sich auf eine Brust gelegt und einen Aufruhr darin erweckt hat. Die sich auf ein Gesicht gelegt und dieses Gesicht verwandelt hat. Diese Hand, die Wunder gewirkt hat.

Fabien irrt über dem Glanz eines Wolkenmeeres umher, aber tiefer unten ist die Ewigkeit. Er ist verloren zwischen den Sternbereichen, deren einziger Bewohner er ist. Er hält die Welt noch in den Händen und gegen seine Brust gewiegt. Er umkrampft in seinem Steuer allen Lebensbesitz und führt den nutzlosen Schatz, den er bald hingeben muß, verzweifelt von Stern zu Stern.

Irgendeine Funkstelle hört ihn vielleicht noch, denkt Rivière. Das einzige Band zwischen Fabien und der Welt ist eine summende Welle, eine Modulation in Moll. Keine Klage. Kein Schrei. Der reinste Ton, den Verzweiflung je hören ließ.

XIX

Robineau riß ihn aus seiner Einsamkeit: »Herr Direktor, ich habe mir gedacht … man könnte vielleicht versuchen …«
Er hatte gar nichts vorzuschlagen, aber er wollte seinen guten Willen bezeugen. Er hätte gern eine Lösung gefunden und zerbrach sich den Kopf wie über ein Bilderrätsel. Er fand immer Lösungen, auf die Rivière nie hörte: »Sehen Sie, Robineau, es gibt keine Lösungen im Leben. Es gibt Kräfte in Bewegung, die muß man schaffen; die Lösungen folgen nach.« So war denn Robineau bemüht, auch seinerseits unter der Zunft der Mechaniker eine solche ›Kraft‹ zu schaffen, eine bescheidene Kraft, die sich darauf beschränkte, Propellernaben vor dem Verrosten zu bewahren. Aber die Ereignisse dieser Nacht machten ihn hilflos. Seine Inspektorenwürde hatte keine Macht über die Gewitter, auch nicht über eine Gespensterbesatzung, die sich da draußen herumschlug, wahrlich nicht für eine Pünktlichkeitsprämie, sondern um einer Strafe zu entgehen, vor der alle Strafen Robineaus zunichte wurden: dem Tode.
So irrte er nutzlos und tatenlos in den Büros umher.

Fabiens Frau ließ sich anmelden. Von Unruhe getrieben, saß sie im Sekretärsbüro und wartete darauf, daß Rivière sie empfinge. Die Schreiber warfen verstohlene Blicke auf ihr Gesicht. Sie empfand eine Art Scham und schaute scheu um sich: alles hier schien sie abzuweisen. Diese Männer, die in ihrer Arbeit fortfuhren, als schritten sie über einen Körper hinweg; diese Aktenreihen, in denen menschliches Leben, menschliches Leiden nur einen Niederschlag nüchterner Zahlen hinterließ. Sie suchte nach etwas, das ihr von Fabien gesprochen hätte. Daheim deutete alles auf den Abwesenden: das halb aufgeschlagene Bett, der angerichtete Kaffee, ein Blumenstrauß... Hier fand sie nichts. Alles widersetzte sich hier dem Mitleid, der Freundschaft, dem Gedenken. Das Einzige, was sie zu hören bekam – denn alle dämpften die Stimme vor ihr –, war der Fluch eines Angestellten, der nach einem Verzeichnis verlangte. »... das Begleitverzeichnis für die Dynamos, Herrgott!, die wir nach Santos schicken.« Sie hob den Blick zu dem Mann mit einem Ausdruck unendlicher Verwunderung. Dann zu der Wand, an der eine Karte sich breitete. Ihre Lippen zitterten ein wenig, kaum.

Sie fühlte beklommen, daß sie hier eine feindliche Wahrheit verkörperte, bedauerte fast, daß sie gekommen war, hätte sich am liebsten versteckt und zwang sich, nicht zu husten oder zu weinen, um sich nicht allzu bemerklich zu machen. Sie kam sich auffällig, ungehörig, wie nackt vor. Aber die Wahrheit, die aus ihr sprach, war so stark, daß sich die heimlichen Blicke immer wieder zu ihr stahlen, um sie ihr vom Gesicht abzulesen. Diese Frau war sehr schön. Sie offenbarte diesen Männern die geweihte Welt des Glücks. Sie offenbarte ihnen, an welcher erlauchten Substanz man, ohne es zu wissen, sich versündigt, indem man sich der Welt der Tat verschreibt. Sie offenbarte ihnen, indem sie die Augen unter all den Blicken schloß, welchen Frieden man zerstören kann, ohne es zu wissen.

Rivière empfing sie.

Sie kam, um schüchtern für ihre Blumen, ihren angerichteten Kaffee, ihr junges Fleisch und Blut das Wort zu führen. Aber in diesem noch kälteren Raum befiel das leise Zittern wieder ihre Lippen. Auch sie fühlte – wie zuvor Rivière –, daß sie hier in dieser anderen Welt nicht von ihrer Wahrheit würde reden können. Alles, was ihr die Brust mit einer fast wilden Liebe erfüllte, nahm sich hier so ungelegen, so selbstsüchtig aus. Sie hätte fliehen mögen:

»Ich störe Sie …«

»Gnädige Frau«, sagte Rivière, »Sie stören mich durchaus nicht. Aber leider, gnädige Frau, bleibt uns beiden nichts anderes übrig als zu warten.«

Sie erwiderte mit einem schwachen Achselzukken. Rivière verstand den Sinn: ›Wozu die Lampe, das angerichtete Essen, die Blumen, zu denen ich nun wieder zurück muß...‹ Eine junge Mutter hatte ihm einmal gesagt: »Ich habe den Tod meines Kindes noch nicht begriffen. Die kleinen Dinge sind das Schwere; die Kleider, die mir wieder in die Hand kommen; und in der Nacht, wenn ich aufwache, das zärtliche Gefühl, das mir immer noch ans Herz steigt, nutzlos jetzt, wie meine Milch...« Auch dieser Frau würde der Tod Fabiens erst allmählich zum Bewußtsein kommen, in jedem jetzt nutzlosen Tun, in jedem Gegenstand; Fabien würde sein Heim nur langsam verlassen. Rivière schwieg in tiefem Mitleid.

»Gnädige Frau...«

Die junge Frau zog sich zurück, mit einem fast demütigen Lächeln, sich ihrer eigenen schmerzlichen Macht unbewußt.

Rivière setzte sich schweren Herzens wieder an seinen Tisch.

›Aber sie hilft mir finden, wonach ich suchte...‹

Er trommelte zerstreut mit den Fingern auf den Streckenmeldungen der Nordstationen.

›Wir wollen nicht ewig leben, aber wir wollen

nicht alles Tun und alle Dinge plötzlich jeden Sinn verlieren sehen. Dann zeigt sich die Leere, die uns umgibt...‹

Sein Blick fiel auf die Funksprüche:

›Und das ist die Art, wie der Tod sich *uns* zum Bewußtsein bringt: die Meldungen, die keinen Sinn mehr haben...‹

Er schaute auf Robineau. Der mittelmäßige Bursche war jetzt auch nutzlos, hatte auch keinen Sinn mehr. Rivière sagte fast schroff zu ihm:

»Muß *ich* Ihnen Arbeit anweisen?«

Dann stieß er die Tür zu dem Zimmer auf, in dem die Schreiber saßen, und ein Zeichen sprang ihm in die Augen, das von Fabiens Verschwinden sprach, ein Zeichen, das Frau Fabien nicht hatte wahrnehmen können: R. B. 903, Fabiens Flugzeug, figurierte auf dem Dienstplan, der an der Wand hing, bereits unter der Rubrik für nicht verfügbares Material. Die Schreiber, die die Papiere für den Europakurier vorzubereiten hatten, arbeiteten nachlässig, weil sie wußten, daß er Verspätung haben würde. Vom Flugplatz wurde telephonisch angefragt nach Instruktionen für die Wachmannschaften, die jetzt zwecklos in Bereitschaft standen. Die Funktionen des Lebens hatten sich verlangsamt. ›Der Tod‹, dachte Rivière, ›da ist er.‹ Sein Werk glich einem Segelschiff bei Flaute auf dem Meer.

Er hörte Robineaus Stimme.
»Herr Direktor ... sie waren erst seit sechs Wochen verheiratet...«
»Gehen Sie an Ihre Arbeit.«
Rivière sah die Schreiber vor sich, und hinter ihnen die Arbeiter, die Mechaniker, die Piloten, alle, die ihm bei seinem Werk geholfen hatten mit dem Glauben derer, die etwas aufbauen. Er dachte an die Menschen alter Zeit, die in ihren Siedlungen von ›Inseln‹ erzählen hörten und sich ein Schiff bauten. Um es mit ihrer Sehnsucht zu befrachten. Um die Segel ihrer Hoffnung sich entfalten zu sehen auf dem Meer. Alle über sich selbst hinausgewachsen, alle befreit durch ein Schiff. ›Das Ziel ist vielleicht fragwürdig, aber die Tat befreit vom Tode. Diese Menschen errangen sich Dauer durch ihr Schiff.‹
Und auch er wird gegen den Tod kämpfen, er wird den Telegrammen wieder ihren Sinn geben und den Wachmannschaften ihre Unruhe und den Piloten ihr erregendes Ziel. Das Leben wird dieses Werk wieder in Gang setzen, wie der Wind einen Segler auf See.

XX

Commodoro Rivadavia hört nichts mehr, aber tausend Kilometer weiter, zwanzig Minuten später, fing Bahia Blanca eine zweite Nachricht auf:

›Gehen herunter. Kommen in die Wolken...‹

Dann erschienen auf der Funkstelle Trelew die zwei verlorenen Worte:

›... nichts sehen...‹

So ist es mit den Kurzwellen. Hier erwischt man sie, dort bleibt man taub. Dann, ohne Grund, wechselt alles. Die beiden da oben, Gott weiß wo, melden sich den Lebenden schon wie von jenseits von Raum und Zeit, und die Schrift auf den weißen Blättern der Funkstellen ist schon Geisterschrift.

Ist der Kraftstoff erschöpft, oder spielt der Pilot seine letzte Karte aus: den Boden zu finden, ohne zu zerschellen.

Die Stimme von Buenos Aires gibt den Befehl an Trelew:

»Fragen Sie ihn.«

Das Bild der Empfangsstelle gleicht einem Laboratorium: Nickel, Kupfer, Instrumente, ein Netz von Drähten. Die Funker vom Dienst in

weißen Kitteln hocken schweigsam wie über ein Experiment gebeugt.
Mit behutsamen Fingern berühren sie die Instrumente, tasten den magnetischen Raum ab, Rutengänger, die die Goldader suchen.
»Keine Antwort?«
»Keine Antwort.«
Vielleicht wird man ihn doch noch aufspüren, diesen kleinen Lebenslaut. Wenn das Flugzeug mit seinen Bordlichtern wieder zu den Sternen aufsteigt, wird man ihn vielleicht noch singen hören, diesen Stern...
Die Sekunden verrinnen. Sie verrinnen wie Blut. Fliegt er noch? Jede Sekunde nimmt eine Chance mit sich fort. Es ist, als sähe man die Zerstörerin Zeit an der Arbeit. Als sähe man dieselbe Kraft, die in zwanzig Jahrhunderten einen Tempel überwältigt, sich ihren Weg in den Granit bahnt und den Tempel in Staub verwandelt, hier, auf Sekunden zusammengedrängt, ihr Werk an zwei Menschen und ihrem Flugzeug verrichten.
Jede Sekunde nimmt etwas mit sich fort.
Fabiens Stimme, Fabiens Lachen, sein Lächeln.
Das Schweigen breitet sich aus. Legt sich immer schwerer auf die Besatzung wie die Last eines Meeres.
Dann sagt einer:
»Ein Uhr vierzig. Äußerste Grenze für den Kraftstoff. Unmöglich, daß sie noch fliegen.«

Und es tritt Ruhe ein.
Etwas Bitteres und Fades legt sich auf die Lippen, wie am Ende einer Reise. Etwas hat sich erfüllt, wovon man nichts weiß; etwas, was ein wenig Übelkeit erregt. Etwas von der Traurigkeit, die über zerstörten Fabriken herrscht, ist über diesem Gefüge von Nickel und Kupferadern. All dieses Gerät scheint bedrückend unnütz, abgestorben wie totes Geäst.
Es bleibt nichts mehr übrig, als den Tag abzuwarten.
In ein paar Stunden wird ganz Argentinien an den Tag emportauchen, und die Männer hier verharren wie an einem Strand angesichts des Netzes, das man einzieht, langsam einzieht, und von dem man nicht weiß, was es enthalten wird.

Rivière in seinem Arbeitszimmer empfindet die Entspannung, die nur die großen Unglücksfälle mit sich bringen, wenn das Verhängnis den Menschen von der Verantwortung befreit. Er hat die Polizei einer ganzen Provinz alarmiert. Mehr kann er nicht tun, man muß abwarten.
Aber Ordnung muß auch im Totenhause herrschen. Rivière gibt Robineau ein Zeichen:
»Telegramm an die Nordstationen: Erwarten bedeutende Verspätung des Patagonienkuriers. Um Europakurier nicht zu sehr zu verspäten,

werden wir Patagonienkurier an nächsten Europakurier anschließen.«
Er beugt sich ein wenig vor. Aber er gibt sich einen Ruck und sucht sich an etwas zu erinnern, das wichtig war. Ach, ja! Das darf nicht vergessen werden:
»Robineau.«
»Herr Rivière?«
»Sie werden mir eine Verordnung aufsetzen. Verbot an die Piloten, neunzehnhundert Touren zu überschreiten: man ruiniert mir die Motoren.«
»Gut, Herr Rivière.«
Er beugt sich noch etwas tiefer. Er braucht jetzt vor allem Alleinsein:
»Gehen Sie, Robineau. Gehen Sie, mein Lieber…«
Und Robineau geht, bestürzt über diese ungewohnte Gleichstellung angesichts der Schatten des Todes.

XXI

Robineau irrte melancholisch in den Büros umher. Das Leben des ganzen Betriebs war ins Stocken geraten in der Erwartung, daß der Start des Europakuriers, der auf zwei Uhr festgesetzt war, auf Tagesanbruch verschoben werden würde. Die Angestellten saßen mit verschlossenen Gesichtern noch immer in Bereitschaft, die keinen Zweck mehr hatte. Noch immer liefen in regelmäßigen Abständen die Streckenmeldungen der Nordstationen ein, aber ihr ewiges ›Klarer Himmel‹ und ›Vollmond‹ und ›Windstille‹ rief die Vorstellung eines recht sterilen Reichs wach. Einer Mond- und Steinwüste. Während Robineau, ohne im übrigen zu wissen warum, in einem Aktenstück blätterte, das der Bürovorsteher gerade bearbeitete, bemerkte er plötzlich, daß der Mann vor ihm stand und mit frecher Ehrerbietung darauf wartete, daß er es ihm zurückgäbe, als wolle er sagen: ›Wenn Sie gefälligst möchten, nicht wahr? Das gehört mir...‹ Diese Haltung eines Untergebenen empörte ihn, aber er fand keine Erwiderung und reichte ihm irritiert das Heft hin. Der Bürovorsteher kehrte mit edler Würde an seinen Platz zurück. ›Ich hätte ihn

zum Teufel schicken sollen‹, dachte Robineau. Dann schritt er, um sich Haltung zu geben, einige Male auf und ab und richtete seine Gedanken wieder auf das Drama. Er fühlte sich doppelt bedrückt, denn dieses Drama würde sicherlich auch unerfreuliche politische Folgen haben.
Er sah Rivière vor sich, eingeschlossen in seinem Büro, diesen Mann, der eben ›mein Lieber‹ zu ihm gesagt hatte. Noch nie war ein Mensch so ohne Beistand gewesen. Robineau empfand tiefes Mitleid mit ihm. Allerlei Worte gingen ihm unbestimmt durch den Kopf, die ihm Teilnahme und Trost zusprechen sollten. Ein Gefühl beseelte ihn, das ihm sehr edel erschien. Er klopfte leise an die Tür. Keine Antwort kam. Er wagte in dieser Stille nicht, stärker zu klopfen, und öffnete die Tür. Rivière saß da. Robineau trat zum erstenmal fast beschwingten Fußes bei ihm ein, ein wenig als Freund, ein wenig wie der Feldwebel, der im Kugelregen seinem verwundeten General beispringt und in der Niederlage nicht von seiner Seite weicht und sein Bruder im Exil wird. ›Ich stehe zu Ihnen, komme was wolle‹, schien Robineau sagen zu wollen.
Rivière schwieg und betrachtete gesenkten Kopfes seine Hände. Und Robineau, der vor ihm stand, wagte nicht mehr den Mund aufzutun. Auch der entkräftete Löwe schüchterte ihn noch ein. Worte, immer trunkener von Erge-

benheit, stiegen in ihm auf, aber jedesmal, wenn er den Blick hob, sah er diesen zu drei Viertel gesenkten Kopf, dieses graue Haar, diese Lippen, zusammengepreßt über soviel Bitterkeit! Endlich gab er sich einen Ruck:
»Herr Direktor...«
Rivière hob den Kopf und sah ihn an. Rivière tauchte aus einer so tiefen, so fernen Versunkenheit auf, daß er vielleicht die Anwesenheit Robineaus noch gar nicht bemerkt hatte. Und keiner erfuhr je, was er träumte, was er empfand und welche Trauer in seinem Herzen war. Er betrachtete Robineau lange, wie den lebendigen Zeugen von irgend etwas. Robineau wurde verlegen. Je mehr Rivière ihn betrachtete, desto mehr malte sich auf seinen Lippen eine Ironie, aus der Robineau nicht klug wurde. Je mehr Rivière ihn betrachtete, desto mehr errötete Robineau und desto mehr erschien es Rivière, als sei dieser Mann mit seinem rührenden guten Willen spontan gekommen, um ein Zeugnis abzulegen von der Torheit der Menschen.
Robineau geriet in Verwirrung. Der Feldwebel, der General, der Kugelregen – nichts von alledem galt mehr. Etwas Unerklärliches ging vor sich. Rivière schaute ihn immer noch an. Unwillkürlich korrigierte Robineau ein wenig seine Haltung, nahm die Hand aus der linken

Hosentasche. Rivière schaute immer noch. Da endlich stammelte Robineau unendlich verlegen, ohne zu wissen warum, die Worte hervor:
»Ich bin gekommen, um Ihre Anweisungen entgegenzunehmen.«
Rivière zog seine Uhr und sagte schlicht:
»Es ist jetzt zwei Uhr. Der Kurier von Asuncion wird um zwei Uhr zehn landen. Lassen Sie den Europakurier um Viertel nach zwei starten.«
Und Robineau gab die erstaunliche Kunde weiter: die Nachtflüge wurden nicht eingestellt!
Und Robineau wandte sich an den Bürovorsteher:
»Bringen Sie mir nachher dieses Aktenstück zur Kontrolle.«
Und als der Bürovorsteher vor ihm stand:
»Warten Sie.«
Und der Bürovorsteher wartete.

XXII

Der Kurier von Asuncion meldete sich zur Landung.

Rivière hatte auch in den schlimmsten Stunden von Funkspruch zu Funkspruch seinen glückhaften Weg verfolgt. Das war ihm inmitten der Zerrüttung die Rechtfertigung seines Glaubens, der Beweis. Dieser glückliche Flug verhieß tausend andere, ebenso glückliche Flüge. ›Es kommt nicht jede Nacht ein Zyklon.‹ Er dachte auch: ›Wenn einmal der Weg vorgezeichnet ist, kann man nicht anders, als weitergehen.‹

Von Station zu Station, aus Paraguay her wie aus einem herrlichen Garten voller Blumen, niedriger Häuser und stiller Gewässer glitt das Flugzeug am Rande des Zyklons dahin, der ihm nicht einen Stern trübte. Neun Passagiere, in ihre Reisedecken gehüllt, preßten die Stirn an die Scheibe wie an ein Schaufenster voller Geschmeide, denn da drunten streuten schon die kleinen Städte Argentiniens ihre Goldkörner in die Nacht, unter dem bleicheren Gold der Sternstädte droben. Der Pilot vorn lenkte mit seinen Händen die kostbare Fracht Menschenleben, die Augen weit offen und voller Mondlicht, wie ein Hirte. Buenos Aires erfüllte schon den Horizont mit seinem Rubinschein und würde bald mit all seinen Juwelen blitzen wie ein Fabelschatz. Der Funker entsandte mit behenden Fingern die letzten Funksprüche, wie die Schlußklänge einer Sonate fröhlich in den Himmel musiziert, deren Melodie Rivière verstand; dann zog er die Antenne ein, streckte sich ein wenig, gähnte und lächelte: man war am Ziel.

Nach der Landung trat der Pilot zum Piloten des Europakuriers, der, die Hände in den Taschen, gegen seine Maschine gelehnt stand.

»Fliegst *du* den Anschluß?«

»Ja.«

»Ist Patagonien schon da?«

»Wird nicht mehr erwartet: vermißt. Ist das Wetter gut?«

»Sehr gut. Fabien ist vermißt?«

Sie sprachen nicht viel darüber. Eine große Brüderlichkeit ersparte ihnen Worte.

Man verlud die Durchgangspost von Asuncion auf das Europaflugzeug, während der Pilot noch immer unbeweglich, den Kopf im Nacken, gegen die Bordwand gelehnt stand und in die Sterne schaute. Er spürte ein grenzenloses Kraftgefühl in sich wachsen, und ein gewaltiges Behagen durchdrang ihn.

»Fertig?« rief eine Stimme. »Alsdann Zündung ein!«

Der Pilot rührte sich nicht. Man ließ seinen Motor an. Er stand gegen das Flugzeug gelehnt und wartete darauf, das Leben der Maschine in seinen Schultern zu spüren. Endlich Gewißheit nach all dem Hin und Her: wird starten ... wird nicht starten ... wird starten! Sein Mund öffnete sich halb, und seine Zähne blitzten im Mondlicht wie die eines jungen Raubtiers.

»Paß gut auf, bis es hell wird, ja?«

Er hörte den Rat seines Kameraden nicht. Die Hände in den Taschen, das Gesicht den Wolken, Bergen, Flüssen, Meeren zugewandt, begann er schweigend zu lachen. Ein leises Lachen, das ihn aber von Kopf bis Fuß durchzog, wie ein Windhauch einen Baum. Ein schwaches Lachen, aber stärker als diese Wolken, Berge, Flüsse und Meere.

»Was hast du?«

»Dieser schwachsinnige Rivière, der mich ... der sich einbildet, ich hätte Angst!«

XXIII

In einer Minute wird er Buenos Aires unter sich haben, und Rivière, der seinen Kampf wieder aufnimmt, will ihn hören. Ihn aufsteigen, dröhnen und entschwinden hören, wie den gewaltigen Schritt einer Armee auf dem Marsch zu den Sternen.

Rivière geht mit verschränkten Armen durch die Schreiber hindurch. Vor einem Fenster bleibt er stehen, horcht und denkt nach.

Hätte er auch nur *einen* Start abgesagt, so wäre die Sache der Nachtflüge verloren gewesen. Aber den Schwächlingen zuvorkommend, die morgen über ihn zetern werden, hat er noch in dieser selbigen Nacht eine andere Besatzung losgeschickt.

Sieg ... Niederlage ... diese Worte haben keinen Sinn. Das Leben steht über diesen Bildern und schafft schon wieder neue Bilder. Ein Sieg schwächt ein Volk, eine Niederlage erweckt ein anderes. Die Niederlage, die Rivière erlitten hat, ist vielleicht eine Lehre, die den wahren Sieg näherbringt. Allein das Geschehen zählt.

In fünf Minuten werden die Funkstellen die Stationen alarmiert haben. Auf fünfzehntausend

Kilometer hin wird das Brausen des Lebens alle Zweifel und Fragen gelöst haben.
Schon steigt ein Orgelklang empor: das Flugzeug.
Und Rivière kehrt mit langsamen Schritten an seine Arbeit zurück, durch die Schreiber hindurch, die sich unter seinem harten Blick dukken. Rivière der Große, Rivière der Siegreiche, der die Last seines Sieges trägt.